いま、言わねば

戦後編集者として

松本昌次

一葉社

表紙絵／アンリ・ルソー『カーニヴァルの夕べ』１８８６年
（フィラデルフィア美術館）
本扉写真／２０１６年８月26日 MARUZEN &ジュンク堂書店
渋谷店「トークイベント」での著者（撮影・吉川光）

まえがきに代えて

〝アレ〟と〝コレ〟とは同根

——ある編集者の手紙

W・T兄——

昨（一九八七）年末、貴兄が書かれた二つの文章——新潮社が新人作家を対象に新設した〝三島由紀夫賞〟についての新聞記事を批判した『三島賞の危険性』（朝日新聞87・11・28）及び、主として三島賞の選考委員の一人である大江健三郎氏に〝的をしぼって論じた〟「文学という名のまやかし」（『月刊活字から』9号）——、ともに感銘深く読みました。その感銘は、書かれたことへの全面同感と同時に、編集者としての基本的姿勢を教えられたことによります。なんとなく、出版界のみならず世相全体が騒がしく、ますます空虚で、心にとどまることなく素通りするもののみ多くて気が滅入っていた折でもあり、ある勇気と励ましを与えられた思いです。

貴兄がいわれるとおり、そして本誌（『月刊活字から』）9号の記事切抜きで証拠を示したように、三島賞に関する報道のどの一つも「三島由紀夫の、かつてのあの犯罪行為の事実に全くふれていない」とは、奇異の感に打たれるというより、唖然とせざるを得ません。まさに「三島が犯したあの犯罪行為は、時代を危険な方向へ逆戻りさせる大きなきっかけになった」のですから。しかも、まるで貝が口をつぐんだように、文学者もジャーナリストも、貴兄以外の誰一人もこのことを批判的に論じようとしません。あの忌わしい事件の精神（？）を受けついだ右翼団体の〝憂国忌〟と、三島賞は両輪となって時代の〝逆戻り〟の地ならしをしようというのでしょうか。

W・T兄――

戦後文学によって戦後の出発をしたわたしは、ある時期、三島由紀夫の諸作品にも心ひかれたことがあります。しかし次第に〝日本の右傾化〟に文学作品のみならず、具体的な政治行動で積極的に手を貸しはじめた三島由紀夫とは、訣別するほかありませんでした。三島賞新設にかかわった人たちは、〝文学の領域〟と〝過去の犯罪行為〟は別といいくるめることで口をぬぐっているのでしょうが、わたしにいわせれば、三島由紀夫の作品やエッセイや発言に、明らかに平和憲法改悪、自衛隊強化、天皇尊重などの思想は流れているのです。三島賞という以上、受賞者は一九七〇年一一月二五日の〝犯罪行為〟ともども、これらの刻印も引き受けねばなりません。

大江健三郎氏は、貴兄の公開質問状とでもいうべき懇切で純理をつくした異議申し立てに、答えるべきです。貴兄同様、わたしもあの大江氏が選考委員とはと、首をかしげたものです（首をかしげただけで発言しなかったわたしが、貴兄から姿勢を正されるゆえんです）。それは、いうまでもなく、大江氏の文学活動、〝反核や政治運動〟への積極的な発言、芥川賞選考委員辞退の経緯などに、敬意を表しているからに他なりません。出版社などとの深い関係もあるでしょうが、この一線を飛び越えなければ、大江氏は、のちのちまで悔いを残すことになるでしょう。

W・T兄――

ここで、あの〝犯罪行為〟が起こった当時、韓国の心ある人びとはどのように受けとめたか、忘れっぽい日本人は思いかえす必要があるでしょう。白基琓《ペクキウオン》氏はいいました。「三島の死は、最近に類を見ない惨劇であり、聞く者をぞっとさせる事件であるが、それ以上に衝撃的なことは、彼の死を触媒にして、軍国主義日本の再建がまことしやかに宣伝され始めたということだ」と。そしてヒトの首を刎ねたり、自分の腹をさいたりする日本刀の侵略性・加虐性を論じ、太平洋戦争末期、福岡刑務所でわずか二九歳で謎の獄死をとげた朝鮮民族が誇る詩人・尹東柱《ユンドンジュ》が、死にのぞんで「祖国独立万歳！」と叫んだのに対し、「天皇陛下万歳！」を叫んだ三島由紀夫との距たりをのべ、日本は「現在もなお、太平洋戦争以前の歴史的体質と方向性を連綿として持っており、そこから、次元は違うにせよ、新たな軍国主義をその内に抱きつつひた走りに走っている」と断じ、「三島の自殺を、何てことはないひとりの気違い野郎の火遊びとして看過できない」と結んでいます（『抗日民族論』小杉尅次訳・柘植書房）。

また、金芝河《キムジハ》氏は「三島由紀夫の死に反対する」という文章で明言しました。「三島由紀夫の死に反対する。三島の死が含んでいるすべての意味、政治的なものであれ、芸術的なものであれ、一切の社会的な意味にたいしてわたしは反対する。ただ、個人的なこと、一人の人間の生命の終息が与える悲しみだけを受け入れる。／ある者は、彼の死を一人の真の芸術家の美しい自己完成であると讃美している。またある人は、その死を政治的なものではなく、ごく個人的な動機に起因するものだから認める点もあるという。わたしは反対だ。これらすべての遁辞にたいして断固として。なぜなら、彼の死は明らかにわれわれの死、韓国民族のいまひとたびの死を吹きならす身の毛もよだつ軍歌であるがゆえに」（飛揚訳）と。こうやって引用していても、彼我の余りの違いに、暗然たる思いです。

三島賞にかかわった出版社、編集者、選考委員、そしてそれを受け入れている文壇、ジャーナリズムに、このような人間的な声を聴く耳はないのでしょうか。たとえあったとしても、三島文学とあの歴史の歯車を逆行させようとした挑発的なハラキリは別だといいはるのでしょうか。同じ選考委員である江藤淳とまではいいませんが、せめて大江氏ぐらいは、貴兄の意見を聞いて欲しいものです。

W・T兄——

話は変わりますが、先日、わたしはテレビで、ユニセフ親善大使としてアフリカのモザンビークとジンバブエを訪れた黒柳徹子氏の報告を見ました。飢えと病気で痩せ衰えた子どもたちに手をさしのべ、同情と慰めの言葉を送る黒柳氏が、とっかえひっかえ美しい衣装で登場するのに何となく違和感を覚えていたわたしは、ふと、昨年末の新聞記事を思い起こしました。それは、日本反アパルトヘイト委員会の楠原彰氏への松井やより氏のインタビュー記事（朝日新聞87・12・20）ですが、そこで楠原氏は、南アフリカにおけるアパルトヘイトの悲惨な現状を報告しつつ、そうした現状に加担する日本の責任を問うていました。世界一の貿易国にのし上って南アの一握りの白人反動政権を底から支える日本、黒人の主食であるトウモロコシをどんどん輸入して彼等を飢えさせ、それを牛や豚のエサにしている日本。

なんたることかと、からだ全体が恥で赤くなるような話ですが、松井氏によれば、「日本は経済大国だから南アとの貿易はやめられない」と、黒柳氏は発言しているとのことです。これもなんたることでしょう。アパルトヘイトに反対する近隣諸国への南アの不安定化工作——反政府ゲリラの支援、鉄道・ダム・学校・保健所などの破壊等——によって、子どもたちは犠牲になっているというのに。確かにそういう場面もテレビに映しだされはしますが、飢餓を生みだすもともとの元兇との貿易を認めておいて、涙しながら子どもたちに手をさしのべるとは、なんともいいようのない〝親善〟です。

W・T兄――

三島賞と黒柳氏の胸を打つテレビ・ドキュメンタリーと、かけ離れているようでどこか共通していませんか。いつも、アレとコレとは別ということです。三島のハラキリと文学は別、南アの貿易とアフリカの飢餓の子どもたちは別。ないしは、ものごとの本質的なところは見過して、現象的な面でだけ、やれ新しい文学賞だとさわいだり、同情と支援を呼びかけたり。貴兄がいうごとく、文学にとって作品と人間は切り離し難く、また、飢餓にとって原因と結果も切り離し難いのです。

たしか、与えられたテーマは〝編集者〟についてだったと思いますが、編集者だからといって特別書くこともなく、ラーメン屋のおじさん、おばさんと変わりはありません。ただわたしも一個の編集者として、貴兄のように、事の理非について確かな目をもち、どのような権威に対しても姿勢を崩さない道を歩きたいと思います。御健闘祈ります。

（『月刊活字から』１９８８・２・29）

［初出］
Ⅰは、最後を除いて『レイバーネット』。最後の「芸術作品としての日本国憲法――なかにし礼さんに学ぶ」のみ『世界へ未来へ 9条連ニュース』。
Ⅱは、最後を除いて『ほっととーく』。最後の「人権が言論に優先する」のみ『世界へ未来へ 9条連ニュース』。
Ⅲは、一つを除いて『レイバーネット』。最後から一つ前の「凜とした人間として生きる――伊藤巴子」のみ『世界へ未来へ 9条連ニュース』他。
＊各文章の転載を快諾してくださったそれぞれの媒体の主宰者・担当者の方がたに、心より感謝申しあげます。

いま、言わねば——戦後編集者として　目次

Ⅲ

いま、言わねば——戦後編集者として

……髭の男は、……「……いくら日露戦争に勝つて、一等国になつても駄目ですね。……富士山……あれが日本一の名物だ。あれより外《ほか》に自慢するものは何もない。所が其富士山は天然自然に昔からあつたものなんだから仕方がない。我々が拵《こしら》へたものぢやない」と云つて又にや〳〵笑つてゐる。……

「然し是からは日本も段々発展するでせう」と（三四郎は）弁護した。すると、かの男は、すましたもので、

「亡びるね」と云つた。

［……＝略、（　）＝補足］

——夏目漱石『三四郎』（１９０８年）

I

「天声人語」子にふたことみこと

朝日新聞一面の評判のコラム「天声人語」は、つとに「名文」の誉れ高く、朝日カルチャーセンターなどでは、元筆者などが「文章教室」を開いて、「文章表現を磨くお手伝い」をしてくれるそうである。しかし文章表現を磨く前に、「天声人語」子は、いま、何を、どのように言わねばならないか、その中身をこそ磨かねばならないのではないか。その二、三を取り上げたい。

その一は、二〇一三年三月二一日、「イラク戦争から10年の節目」に当たっての中身である。「リーダーは心して選びたい」にはじまるその文章は、「どちらかの大統領が別人」だったら、「米軍4487人、イラクの民間人12万人」の命（わたしだったら、イラクの死者を先に書く）は、消えずにすんだだろうと訴えつつ、当時の小泉首相が「即座に開戦を支持」することによって、「日本は対米追従にとらわれ、大義なき戦争に加担してしまった」とある。まるで他人事のような書き方ではないか。では、マスコミの最前線に立つ朝日新聞は、終始一貫、イラク戦争に反対の論陣をはりつづけただろうか。正確な報道をしつづけただろうか。夫子自身の「対米追従」「戦争加担」に対するひとかけらの自己批判もなく、それが「名文」といえるかどうか。文章はさらに「自主の外交」の重要さを説いているが、わたしは「自主の朝日」をこそ、朝日新聞を物心ついた時から購読し応援しつづけている読者として、切に希みたい。

その二は、翌日の三月二二日、NHKのラジオ放送開始（一九二五年）の記念日についての中身である。冒頭から、ラジオが「国策の宣伝」を担ったことを認めつつ、「破局に至る熱狂は、朝日などの大手紙とラジオの共作」と、あたかもみずからの果たした役割を省みているかのごとくであるが、果たしてそうか。「破局に至る熱狂」とは何か。「天声人語」の「文章教室」では、こういう曖昧な表現を教えるのだろうか。「新聞とラジオが、戦争遂行に全面的に加担することで国民を熱狂させ、敗戦の破局に至った」でいいではないか。「世が一色に染まらぬよう、確かな情報を選び取る力を養いたい」とおわりにあるが、権力に屈せず、確かな情報を伝える精神こそ、まず養うべきであろう。

さて、その三は、またその翌日の三月二三日、桜の開花についての中身である。桜に関する蘊蓄《うんちく》がいろいろ書かれているが、ふと、「明るく咲きながら、せかされるように散る様が、かつては兵士と重ねられた」とある。なにが「兵士と重ねられた」か。戦争を知らない若い世代は、これをどう読むだろうか。「兵士」はパッと咲いてパッと散る桜のように、戦場で潔く死んでこいと、かつて教えられたのである。桜が悪いわけではないが、桜のイメージは汚辱に満ちている。「貴様と俺とは同期の桜／同じ兵学校の庭に咲く／咲いた花なら散るのは覚悟／見事散りましょ国のため」。「兵学校」を自分の学校に入れかえて、歌わせられたものである。本居宣長の「敷島の大和心をひと問わば朝日に匂う山桜花」までが利用され、特攻隊に「敷島隊」「大和隊」などと命名し、まさに若い命が散っていったのである。そうした無残な桜にまつわる現実を、「兵士と重ねられた」と書くのが「名文」なのだろうか。

桜について書くならば、いまごろは満開の千鳥ケ淵の桜並木の先に三二万余の無名戦士の骨が眠る千鳥ケ淵戦没者墓苑（靖国神社ではない！）があることを、ひとことぐらい読者に伝える精神を、せめて「天声人語」子には持って欲しいものである。

（2013・4・1）

「ハナハ／ハナハ／ハナハ／サク？」

しばらく前、ある小さなリーフレットに、わたしは次のように書いたことがある。

――この頃、NHKのテレビをつけて気になることがあります。それは三八人の有名な俳優やタレントたちが、一輪の花を手にして歌いつぐ『花は咲く』（作詞・岩井俊二／作曲・菅野よう子）という、東日本大震災の「復興支援ソング」です。「今はただ　なつかしい／あの人を思いだす」とか、「花は　花は　花は咲く／いつか恋する君のために」とか、なんとも甘い激励と癒しと浄化の言葉の羅列は、被害者たちを個人の「体験」にのみ、明るい希望にのみとどまらせようとしているとしか思えないからです。敢えて言えば、この歌は、戦争中の『海行かば』の裏返しの歌です――と。

さて、春の選抜高校野球の入場行進曲にも、球児たちを颯爽と力づけるかのように選ばれた『花は咲く』が、どうしてわたしに『海行かば』を喚起させ、銅貨の裏表のような歌だと思わせたのだろうか。わたしが十代半ばの戦争中、一九四三年五月二九日のことである。突然、NHKラジオから『海行かば』が流れ、臨時ニュースとして、アッツ島の日本軍守備隊二五〇〇人全員が「玉砕せり」と、荘重に放送されたのである。この一瞬の衝撃をわたしは忘れることができない。いらい「海行かば水漬《づ》く屍／山行かば草生《む》す屍／大君の辺《へ》にこそ死なめ／顧みはせじ」の歌は、わたしのからだに刻印され、『花は咲く』のことばをかりれば、「悲しみの向こう側に」たとえ屍となろうとも、顧みることなく、戦争勝利の「花」を咲かせねばならないとわたしに決意させたのである。

　ところで、宗教人類学者として有名な山形孝夫氏は、『花は咲く』を「死と生に引き裂かれた愛し合うふたりの、噴きこぼれるような悲しみの歌」と評価し、この生者と死者の「語り」は涙をさそうが、「それは悲しみの涙ではない。死者と共に未来へ向かう優しい希望の涙のようなものだ」と結んでいる（「朝日」３・12付夕刊）。しかし、戦争中からこれまで、いったいどれだけ死者とともにわたしたちは、〝希望の涙〟に誤魔化されてきたことか。

　この記事には、悲しみを浮かべ一輪の花を手にした西田敏行氏のカラー写真も載っている。それでは西田氏に問いたい。あなたは、津波で家族を亡くした人や、放射能で家を追われて帰るあてもなく他郷に仮寓している人の前で、『花は咲く』を歌えますか。スタジオのマイクの前ではない。被災者の前で、「花は　花は　花は咲く」と本当に歌えるのだろうか。もし歌えるとしたら、わたしはその人の神経を疑わざるを得ない。

　野坂昭如氏が「毎日」に「七転び八起き」を連載していて、その連載一五一回「震災から二年」を友人が切り抜いて送ってくれた。野坂氏の「被災者それぞれの声に耳を傾けること」をわたしたちの「務め」と語る真摯な姿勢に共感を覚えたが、それとは別に、記事に添えられた黒田征太郎氏のイラス

「ハナハ／ハナハ／ハナハ／サク？」

トには、痛烈な感銘を受けた。点描で描かれたチューリップのような花が、茎の半ばでポッキリ折れて、地面にばったりと倒れこんでいるのである。そして「ハナハ／ハナハ／ハナハ／サク？」とある。このイラストとたった一つの疑問符、これこそが、3・11後の被災者の現実を見事に言いあてたものではないのか。

『花は咲く』と関係はないかも知れないが、NHK会長の二〇一三年度の年間報酬が、受信料の収入減で二〜三％減額されても三〇九二万円、副会長が二六九〇万円、その他の理事や経営委員がぞろぞろと二十人余もいるという、ある日の小さな新聞記事には、心底びっくり仰天した。東電の役員などもほぼ同額の収入だったが、年金で暮らすわたしの一〇年分をゆうに越える金である。いや、わたしはまだいい。彼等は、どのツラさげて被災者の前で『花は咲く』を歌えるのだろうか。

（2013・5・1）

村上春樹氏への違和感

前回、NHKがテレビで今も流しつづける『花は咲く』を、わたしは、戦争中に歌われた『海行かば』と銅貨の裏表のような歌で、希望の涙で被災者の苦難を誤魔化していると批判した。ところでその後、辺見庸氏が、毎日新聞五月九日付「特集ワイド」で、『花は咲く』を同じように戦争中はやった『とんとんとんからりんと隣組』と一緒の「気持ち悪い」歌と評し、福島などの「非人間的実相を歌で美化してごまかし……被災者は耐え難い状況を耐えられると思わされている」と語っているのを読み、さすがとわが意を得た思いだった。

しかし、問題はこれから先にある。近く出版される本の中で、辺見氏が『花は咲く』を揶揄《やゆ》したところ、編集者が「それだけはどうしてもダメだ」「みんながノーギャラでやってて、辺見さんも自作をちゃかされたら嫌でしょ」と言ったというのである。辺見氏は「もう目をぱちくりする」ばかりだったが、わたしも同様、目をぱちくりしつつ、自由に書くこともできない出版界の頽廃もとうとうここまできたかと、無残な思いにとらわれた。

さて、以上は今回の本題のマクラだが、村上春樹氏の近作『色彩を持たない多崎つくると、彼の巡礼の年』の文藝春秋からの刊行経緯に対しても、わたしは出版界の頽廃を強く感じる。何が書かれているのか解らない、徹底した秘密主義で、村上氏の名声にのっかって読者の購買心をあおり、初版五〇万部、一週間で一〇〇万部発行と宣伝し、内容はともあれ読者に我れ先に買わせようという魂胆である。これは無論、著者と出版社の共同演出でなければできないことであり、頽廃は、文藝春秋のみならず、村上氏もまた同様である。そうでなければ、村上氏は、自著がまるでスマートフォンの発売のように刊行されることに抗議し反対するべきではなかろうか。

村上氏のこれ迄の作家としての業績は世界的に知られており、わたしがとやかくいう筋合ではないが、村上氏の最近のいくつかの言動には深い違和感を覚える。先日のボストン・マラソンで起った爆破事件での三人の死者を悼み、米ニューヨーカー誌（デジタル版）に村上氏が寄稿したことが新聞で報じられていた（「朝日」５・５付）。いうまでもなく、死者を悼むことはいい。しかし、村上氏は、爆破を実行し生き残った青年が、イラク戦争での米国の侵略行為への報復と告白した新聞の小さな記事もご存知だろうか。だから爆破が許されるわけではないが、戦争での女・こどもなど非戦闘員を多数含むイラク人約一二万人の死者に対する追悼、同時に米国に対する抗議の言葉もあってしかるべきではないか。ボストン・マラソンを復活させて、三人の死者たち、傷ついた人たちを癒したいというが、数多くのイラクでの犠牲者たちはそれで癒されるだろうか。

また、去る五月六日、村上氏は、京都大学で河合隼雄物語賞・学芸賞創設を記念して講演したが、冒頭、「僕はごく普通の生活を送っている普通の人間」などと語っている。しかしかつて「エルサレム賞」の受賞で、最も政治的に緊迫しているイスラエルまで出かけ、有名なスピーチ『壁と卵』を行い、「壁」を曖昧な「システム」と称し、みずからは固い壁にぶつかって壊れる「卵」と言いながら、堂々と「壁」の側から賞金を貰ってくる人が、果たして「普通の人間」だろうか。明らかに「壁」に加担しているではないか。エルサレム賞はノーベル文学賞の登竜門といわれる。率直に「賞」が欲しかったというのが、「普通の人間」のありようである。ちなみに、最近、「車椅子の天才理論物理学者」スティーブン・ホーキング博士（二〇一八年三月没）は、イスラエルのパレスチナ人に対する対応に抗議し、エルサレムで六月に開かれる国際会議への出席を拒否したという。

できれば、新著は予測どおり一〇〇万部売れてほしいものである。売れ残って断裁などで廃棄処分されたらまさに資源の無駄である。尤も文壇を支える人たちが、応援の大合唱をくり拡げるだろうから、危惧することもあるまいが。

（2013・6・1）

〝意見広告〟への疑問

去る五月三日の六六回目の憲法記念日当日、朝日新聞紙上に日本国憲法、特に九条を守る意見広告が、見開き二ページと、一ページ全面広告で掲載されていたのを記憶している方がどれだけいるだろうか。わたしは経済的余裕に乏しく「朝日」一紙しか見ていないので他紙は知らないが、これらの意見広告に対し、いささかの疑義をさしはさみたい。わたしもかかわったことのある運動に対し異論を書くことにはためらいを覚えないわけではないが、致し方ない。

まず、これらは「意見広告」というが、むしろ「名前広告」というにふさわしいではないか。特に「市民意見広告運動／市民の意見30の会・東京」（共同代表：高橋武智　本野義雄　吉川勇一）の見開き二ページ広告（いったい、広告料はいくらだろうか）は、紙面の八〇パーセントほどが、出資した八一五〇人の細かな名前でベタに埋めつくされ、「若者が、子どもたちが、あぶない／武力より平和力、9条の力」の大見出しのほか、憲法擁護・改憲反対の「意見」は、紙面の右はじに、せいぜい一五〇〇字ほどあるだけである。果たして読者は、これを読んで心動かされるだろうか。また賛同者は、名前を掲載しないとお金を出さない人たちなのだろうか。

意見広告という以上、「意見」を重視しなければならないし、「広告」の効果を第一に考えて紙面を構成するべきではないか。この間、会う人ごとにこれらの意見広告について〝意見〟を聞いたが、「朝日」を読んでいる人ですらほとんど印象にも残っていない有様であった。このことがわたしだけの事態ならば幸いだが、多額の募金を投じた二ページにわたる広い紙面を、なぜもっと有効に利用しないのだろうか。これでは失礼だが、関係者の〝自己満足〟でしかない。写真やイラストを利用しつつ、かつての日本の侵略戦争がどんなに悲惨な敗戦を迎えたか、戦後の民主主義国家がどのように建設されたか、世界に誇る先駆的な日本国憲法がどんなに平和に寄与してきたか、それらについてはどんな資料・本・映画などがあるか、等々について、率直に「意見」をのべるのに十分可能なスペースがあるではないか。広告料は八一五〇人の有志によると記せば足りる。

もう一つの一ページ全面広告は、いわさきちひろの絵を配し、「女性は戦争への道を許さず、憲法9条を守ります」と、女性にだけ向けた大見出しでアピールしつつ、顔写真とともに雨宮処凛・澤地久枝・UA・湯川れい子・竹信三恵子・田中優子の皆さんが、ひとことずつ護憲・戦争反対の「意見」を表明している。日本婦人団体連合会をはじめとするさまざまな女性団体の協賛によるもので、一〇二人の賛同人の名前もある。しかしそれらは、大学教授・団体役員・作家・弁護士・映画監督など、いわゆる有名知識人の肩書きを添えた女性たちが名を連ね、一般の肩書きなき女性たちの名前はない。従ってこれは、どうしても名前を出したい人たちの「意見広告」といえるだろう。見開き二ページ広告に比較すれば、広告効果はあるにしても、一部、選ばれた人たちにのみ通じるもので、その意味では、同じく〝自己満足〟のきらいをまぬがれない。

もはや、こんな〝名前〟や〝肩書き〟にこだわっている時代ではないのではないか。かつての安保闘争の折、竹内好さんは、当時の政府に抗議して都立大学を辞職した。それに同調して鶴見俊輔さんも東京工大を辞職した。それでも反安保の運動は敗北した。その結果が今日の事態を招いているといっても過言ではない。だからといって、現在の知識人といわれる人たちに、豊かな（？）地位を投げ捨てろといっているのではない。しかし、そのくらいの覚悟がない限り、そのくらいの覚悟でものを書かない限り、そのくらいの覚悟で憲法を守る他の運動と連帯しない限り、絶望の外はない。「意見広告」の在り方を問い直さねばならない時である。反論を期待します。

（２０１３・６・28）

〈付記〉

この原稿をＦＡＸで送信した翌日の六月二十九日、「戦争を知る世代からの改憲反対意見広告の会」による一ページ広告が「朝日」に出た。「日本国憲法を改悪する人に、私の一票は預けません」という大見出しとともに、「戦争を知る世代からの意思表明」（説得力のあるすぐれた文章）があり、三人の無名の人のメッセージ（これもいい）もある。三四七二人の賛同者の名前はルビほどに小さく、そこに丸木俊さんの「平和の鳩」の絵がかぶせてある。「意見広告」として感銘を受けたので、急いで付記する。

（６・29）

「非国民」の光栄

「自分の子どもが殺されても同じことが言えるのか」と叫ぶ人に訊きたい――これは、何かのスローガンではない。本の書名である。さらにサブタイトルもある――正義という共同幻想がもたらす本当の危機。著者は森達也氏。八月二二日、ダイヤモンド社刊。四六判並製三八〇ページ、定価一六〇〇円+税。この本は、二〇〇七年一〇月から、版元のPR誌『経』に連載された「リアル共同幻想論」をベースに、加筆・修正・編纂されたものである。連載が始まってしばらくあと、同社のウェブサイトに転載するようになったが、途端に、ネット上で「鬼畜」とか「非国民」とか「死ね」などの罵声を浴びせかけられる光栄を担った一冊でもある。

森達也氏といえば、オウム真理教を扱ったドキュメンタリー映画『A』『A2』の監督として、国内外で各種の賞を獲得、一躍名を馳せ、『A3』や『死刑』など、作家としてもめざましい仕事をつづけている方だが、わたしは、その「めざましさ」ゆえに敬遠して映画も著書もほとんど知らず、せいぜい、月刊誌『自然と人間』の表紙裏に連載しているコラム「誰が誰に何を言ってんの?」を愛読してきたに過ぎない(ちなみに『自然と人間』は、毎号すぐれた内容である)。森氏がこれほどの「非国民」とはつゆ知らず、不明をお詫びするほかない。

さて、一読、わたしに「非国民」であることへの限りない勇気を与えてくれたこの本の内容とはどんなものか。目次をそのまま列記すればいいようなものだが、冒頭の、森氏の二、三篇の主張をカッコなしで引用しつつ、適宜、わたしのコメントをつけ加えて、紹介したい。

まず、書名になっている死刑の問題からはじまるが、先進国ではいまやアメリカと日本のみとなった死刑、しかも絞首刑という残酷な方法を今なおつづける日本の死刑制度は、まるで被害者遺族のためにあるかのごとくだと森氏はいう。同感である。わたしに言わせれば、遺族のために国家が昔ながらの仇討ちをしてあげているようなものである。死刑廃止は日本人の心情にそぐわないと、一時的に国家を支配している連中は言いつづけているが、七〇年ほど前、戦争にひたすら心情を捧げた日本人は、敗戦を告げるツルの一声で、あっさり平和の心情に転換した。誤った心情などは、正しい制度で改まるものなのだ。

つぎに森氏は、北方領土・竹島・尖閣諸島などの領土問題にふれ、無用な諍いや争いを回避するためならば、少しばかり領土や領海が小さくなったっていいじゃないかという。同感である。わたしも自国と他国の人たちの命を大事にしたいからである。共有・共存の道だってある。尖閣諸島でいきり立つ石原慎太郎氏は、『俺は、君のためにこそ死ににに行く』などという映画を二〇〇七年に作ったとのこと。どんな映画か知らないが、勝手にあんた一人で死ににに行って欲しいものである。

あとは一瀉千里、主要な森氏の主張やテーマを摘記する。肉は食べていいが、動物の殺され方を知ろう。タイガーマスクは薄気味悪い善意。ハンセン氏病に対する無知と偏見は過去形ではない。3・11以後、メディアに広がる「がんばれ」や「絆」はグロテスクだ。メディアによって戦争が矮小化されている。原子力神話に加担したことを詫びる。監視社会の蔓延。解明されないオウム真理教事件。互いに忖度し合いながら暴走する集団。「テロと戦う」とは何か。暴走する資本主義と民主主義。拉致問題の解決は日朝の国交正常化しかない。中国における戦争犯罪の証言。北朝鮮のロケット発射を「事実上のミサイル」と断定する不思議。過去の過ちを認めない日本——etc。

最後に森氏は、戦後、憲法九条を守り抜いてきたことを「誇り高き痩せ我慢」といい、次の文章で本書を閉じている。

——「誇ることはひとつだけ。不安や恐怖に震えながらも、歯を食いしばって世界に理念を示し続けたこの国に生まれたことを、僕は何よりも誇りに思う」

「非国民」と罵倒した人たちよ、この声を聞け、といいたい。

（2013・10・1）

アメリカにはヘイトしない「在特会」

去る一〇月七日、京都・朝鮮学校に対して街宣活動を行った「在特会」（「在日特権を許さない市民の会」の略称）に、街宣活動禁止と一二二五万円の賠償を命じた京都地裁の判決は、当然のことながら、相次ぐ台風襲来のあとの秋晴れの青空を久しぶりに仰いだような、爽やかな感動を覚えた。しかし「在特会」は、判決を不服として控訴するという。またネット上では、「朝鮮人を殺せ」とか「ガス室にたたき込め」などというヘイトスピーチが、前にも増して大量に溢れかえっているという。スピーチというにはなんとも幼稚な強迫で、いまさらナチスでもあるまいに、顔赤らむ思いである。

だが、考えてみると、「在特会」をはじめとする日本における人種差別、特に在日韓国・朝鮮人に対する際立った排斥運動は、実に根深いものがある。ここでそれらについて詳しく書く余裕はないが、日本の近代を底流する欧米に対する劣等意識と、その裏がえしとしてのアジアに対する優越意識から、敗戦という無残な経験を経たにも拘らずいまだに抜け切れない日本人が、上は政府自民党から下は「在特会」に至るまで、ウヨウヨいるということなのである。つまり、彼等は、「大日本帝国」が、中国への侵略戦争に敗北し、朝鮮の植民地支配にも敗北したことを心底認める勇気がないのである。そしてかつてのアジアの「盟主」としての見果てぬ夢をおびえながら見つづけているのである。

従って、「在特会」などは、戦争中、原爆や空襲で民間人を大虐殺し、いまは沖縄に基地をはりめぐらし占領しているアメリカ、核弾頭をロシアとともに一万七千発保有しているアメリカ、戦後、朝鮮・ベトナム・イラクなど外国で七〇〇万人を殺害したといわれるアメリカ、イエメン・パキスタンなどを無人機で攻撃、イスラム教徒を無差別に殺しつづけているアメリカには、目をふさぎ、いささかもヘイトを覚えないようである。一方、朝鮮の人工衛星打ち上げ、韓国・中国との竹島・尖閣諸島をめぐる領有問題となると、猛然とヘイトの限りをつくすのである。朝鮮が人工衛星といっているのに、それを「事実上のミサイル」とつけ加えて朝鮮の敵視政策をあおる政府自民党、それに追従するメディアにも呆れ返る。領土問題では、かつて日本が朝鮮・中国などの領土をどれだけ武力で収奪したかの反省は、ひとかけらもない。一人の生命も犠牲にすることなく、話し合いで解決する道を選ぶのが日本のとるべき道である。

「在特会」などが平気で跋扈する現状には、結局、日本がアジアに対する植民地支配・侵略戦争の歴史を直視してこなかったことに原因がある。間もなく任期を終えるという駐日ドイツ大使のフォルカー・シュタンツェルさんは、インタビューに答えたなかで、「私たちは侵略者でした。戦後になると、周りの国すべてが私たちの犠牲者でした」と、はっきり語っている（「朝日」10・3付）。「ご迷惑をおかけした」とか、「遺憾の意を表します」などではない。日本の歴代の政治支配者、そして天皇が、一度でも「私たちはアジア諸国への侵略者でした」と言いきったことがあるだろうか。また、アメリカ人の東洋文化研究者のアレックス・カーさんは、ドイツでは、戦争の過ちを法律・教育その他で示しているのでドイツを恨む国はないとのべつつ、日本は、日清戦争・韓国併合・第二次世界大戦に至る近代の歴史に関し、「教育の場で『空白』箇所が多く、歴史をぼかしたり、政治家が軽率な発言をしたりしたツケが回っている」と語っている（「朝日」10・10付）。政府自民党よ、「在特会」よ、心して聞け、といいたい。

おわりに、前回、高く評価した森達也氏のことばをとどめとしよう。この国は、「失敗も大きい。そんな歴史を繰り返す。つまり過去に学ばない。……この国は世界の反面教師となる定めなのかもしれない」。（『自然と人間』一一月号）

（2013・11・1）

〝内なる天皇制〟について

さきに森達也氏の著書を高く評価したことがあるが、今回も、山本太郎参院議員が天皇に園遊会で手紙を手渡したことについての森氏の発言「内なる天皇制」（「朝日」11・27付）にふれたい。

森氏はまず、山本氏がどんなルールを侵したのか明示しないまま、「政治利用」したとしてペナルティーを与える「極めて日本的なやり方」を批判する。そして政治家やメディアに溢れた言葉は、「非礼」「失礼」そして「不敬」である。しかも森氏が教えている大学の「平成生まれ」の学生までが、訳もわからず「不敬」といったのには驚く。わたしなどはそんな言葉は、戦争中人びとを恐れさせ、一九四七年廃止された「不敬罪」とともに、すでに死語かと思っていたがさにあらず、亡霊は、事あらばいつでも息を吹きかえすのが日本なのである。

いうまでもなく、近代日本は、天皇制を「政治利用」しつづけ、それが敗戦で破綻したのである。いや「政治利用」したばかりではない。敗戦まで国民を支配しつづけた大日本帝国憲法の第一章天皇の第一條は、「大日本帝国ハ萬世一系ノ天皇之ヲ統治ス」とあり、第三條には、「天皇ハ神聖ニシテ侵スヘカラス」とあるのである。つまり天皇こそが、「不敬」があってはならない神聖な最高責任者、それを現人神《あらひとがみ》として祭り上げたのである。敗戦とともに、天皇がわたしたちと同じ一個の人間となった時、まさに森氏がいうように「天皇制を手放すべき」だったのだ。しかしそれをせず、天皇は軍部に利用されたに過ぎない、本当は平和主義者だったという「物語」を流布し、戦争責任のすべてをA級戦犯に背負わせ、東条英機ら七人を絞首台の露と消えさせることで決着をつけたのである。ここから「内なる天皇制」の癌細胞のような増殖がはじまる。森氏は、それゆえ、天皇はA級戦犯が合祀されている靖国神社を訪れたことはないと指摘する。当然である。身代りとなった側近が眠るところにどうして行くことができようか。

さて、にも拘わらず、山本氏のその後の弁明などをふくめ、森氏は、「天皇に対する信頼がいま、僕も含め、左派リベラルの間で深まっている」と告白する。二〇〇一年、天皇が『続日本紀』にふれて「韓国とのゆかり」について発言したこと、二〇〇四年、当時東京都教育委員だった棋士の米長邦雄氏が同じ園遊会で、「日本中の学校で国旗を掲げ、国歌を斉唱させる」と、おべんちゃらを言った時、天皇が「強制になるということではないことが望ましい」と応じたことなどをあげている。そして森氏は、「危なっかしいなあ」と思いつつも、天皇に対し「人格高潔で信頼できる方だと好感を持っています」と、心情を吐露しているのである。実に危なかしい心情である。韓国へのかつての植民地支配を一言も詫びもしないで何が古代の「ゆかり」か。また国旗・国歌が強制されている現実をチラリとでも知っているのか。

かつてのある時ある人が、昭和天皇に「戦争責任」を問うたことがある。天皇はなんと答えたか。「そういう言葉のアヤについて、文学方面はあまり研究していないので、お答えできかねます」と。戦争責任は文学の問題か。いまは亡き詩人・茨木のり子さんは、詩「四海波静」で、このあとをつづけて、「思わず笑いが込みあげて／どす黒い笑い吐血のように／噴きあげては　止り　また噴きあげる（以下略）」とうたった。この程度の天皇に、「昭和」の時代、日本人はふりまわされ、いまや、森氏のいう天皇に対する「平成の神格化」が着々と進行しているのだ。「草の根天皇制」といわれたことがある。日本全土を掩う一木一草に至るまで染みこんだ「内なる天皇制」を、わたしたちはいつ除染できるのだろうか。

（2013・12・1）

真の歴史認識のために

第二次世界大戦の敗戦から、七十年近い歳月が経っているにも拘らず、中国・韓国などアジア近隣諸国によって、いまなお「歴史認識」の無知を問われつづける日本の為政者たちの頭は、一体どんな構造になっているのだろうか。いや、アジアだけではない。このたびの安倍晋三首相の靖国参拝によって、とうとう頼りにしていた米国からも「disapointed」（失望した、失恋した）とまで言われたのである。それればかりか、ロシア・EU、いわば世界各国からも批判は続出。つまり、かつて日本がアジア諸国を植民地支配したり、侵略戦争で加害の限りをつくしたことは、世界の「歴史認識」の常識になっているのだ。その常識に目をそむけ、まともに認めようとしないのが、その当事者である日本自身だからなんとも情けないとしかいいようがない。

安倍首相が靖国神社に参拝したということは、ドイツのメルケル首相が、ヒトラーやアイヒマンなどの墓（あるかどうか知らないが）に参拝したことと同義なのである。もしそんなことをしたら、メルケル首相は法的にも、そして民衆からも即刻クビになるだろう。ヒトラーなどと同じく、東条英機以下七人、東京裁判で断罪され絞首刑になった人たちは、戦争犯罪人なのである。ヒトラーと手を結び、天皇制支配のファシズム体制を推進し、内外の多くの人命を犠牲にした責任者なのである。安倍首相の祖父の岸信介はA級戦犯だったが辛うじて命をながらえ、戦後、首相として返り咲き、六〇年安保闘争を弾圧したことはよく知られている。

それはともかく、安倍首相が「国のために戦い、尊い命を犠牲にされた御英霊（ご丁寧に「御」が冠せられている）に対して、哀悼の誠を捧げ」「世界の平和と安定」を願うと、例によって例のごとく、現実の政治行動とは裏腹の美辞麗句・常套句を撒き散らしているが、世界の良識がそんなことでごまかされると思ったら大間違いだ。

しばらく前、テレビのあるインタビューで、靖国神社の宮司の一人が、戊辰戦争（一八六八〜六九）での新政府軍（旧幕府軍は賊軍としてのぞく）の戦死者から、太平洋戦争に至る戦死者「二四六万六五三二柱」は、個人別々ではなく、一つの「かたまり」となって祀られていると話しているのを聞いて、びっくり仰天した覚えがある。従って合祀に反対しても、個人の「御英霊」はもはやとり出すことはできない。つまりA級戦犯として処刑された人も、一兵卒で戦死した人も、誰も彼もが一緒くたの「かたまり」になっていて、靖国神社に参拝するということは、その「かたまり」に参拝するということなのである。

またふたたびそれはともかく、安倍首相は、靖国神社参拝のみならず、NHKの経営委員を自分のとり巻きで固めたり、歴史事項に対する政府見解を求める教科書検定基準を改定したり、特定秘密保護法案の推進とともに、いまや戦争中の『愛国行進曲』を日々奏で、酔い痴れているかのごとくである。安倍首相の靖国参拝を全面的に評価する産経新聞によると、安倍首相のフェイスブックには、参拝後、「いいね!」というボタンが四万回押されたという（小田嶋隆氏談話、「朝日」12・29付）。これらの曖昧な大合唱をあたかもみずからを支持してくれるものと錯覚し、研究者・芸術家・ジャーナリスト・市民運動家・民衆など広範な人びとの反対の声を無視した先には、一体何が横たわっているか。敗戦につづく第二の「歴史の審判」以外の何ものでもあるまい。

過去のあやまちをあやまちとして認めることは、決して恥ずべきことではない。逆にそれらを隠蔽することこそが恥なのだ。他国のことをとやかく言う前に、まず自国のかつての戦争責任を直視し、真の「歴史認識」を回復すること、そのためのたたかいは、まだまだつづきそうだ。

（2014・1・1）

春の嵐のなかで──袴田巖さん釈放

ロクでもない、ムカッ腹の立つニュースばかりが満載の今日この頃、三月二七日、静岡地裁（村山浩昭裁判長）での袴田巖さんにたいする再審開始・死刑執行停止、そして即日釈放の判決には、ああ、春が来たという思いとともに、胸が熱くなった。一九六六年、一家四人殺害・放火の犯人として逮捕され、一日一二時間余に及ぶ拷問にも等しい取調べで自白に追いこまれたが（これでどれだけの人が無実の罪を着させられたか）、袴田さんは法廷で一貫して無実を主張しつづけた。そして四八年。この間、たび重なる控訴・上告・再審請求を、七人の裁判官がすべて棄却してきたのである。テレビで、そのなかの一人が、病み衰えた声で泣きながら、どうしても上からの圧力に抵抗できなかったと詫びる場面があった。

それにしても、村山浩昭裁判長の判決は、見事であった。死刑制度をいまなお固持し（欧州をはじめ廃止が世界の大勢にも拘らず）、戦前なみの不当・強引な捜査・逮捕・拘束、そして度重なる冤罪事件を重ねる現状に、限りない不信の念を抱く者にとって、まさにそれは暗夜に一灯の思いであった。村山裁判長は、捜査当局による証拠品は捏造された疑いがあると指摘し、そうである以上、「拘置を続けることは耐え難いほど正義に反する」と断じたのである。遅きに失したとはいえ、まことに勇気ある発言であり、いったい誰が、こんな耐え難いほど正義に反することを重ねてきたのか検証しなければならない。しかし一方で、メンツにこだわる検察側は即時抗告の構えをみせているという。情けない話だ。

情けないといえば、これまでに死刑を宣告された人を何人も死刑台に送った谷垣禎一法相は、裁判所の判断への発言を控えつつ、袴田さんに対し、四八年ぶりの釈放による環境の激変を、周囲の人たちの心遣いとともに乗り越えてほしいといったような発言をしたという。いかにもいたわりの言葉のようだが、司法のトップがこんなことしか言えないのか。なんのための法務大臣なのか。もはや検察側の即時抗告はやめて、再審を開始しなさいとすら言えない大臣とは、いかなる存在なのだろう。死刑に執行の印鑑を押すように、なんの意見もいわず、ただひたすら、提出された書類に印鑑を押すのが仕事じゃあるまい。

ところで、ロクでもない、ムカッ腹の立つことといえば、袴田さん釈放のニュースに湧いた当日、みんなの党の渡辺喜美代表が、化粧品会社の会長から計八億円を借りたことについて記者会見したことである。八億は選挙資金ではない、個人的借用だ（貸主は選挙資金だと言っているのに）と言いはり、何にそんな大金を使ったのかと記者から問いつめられると、酉の市で「熊手」なんか買ったと、水を飲み飲み渡辺代表は応じたというのだから、笑うに笑えない話である。猪瀬直樹前東京都知事は、ケタが違うが五千万円の借金を、同じく個人的借用と、汗を拭き拭き嘘八百を並べたてたが力及ばず、ついに辞職に追いこまれ、略式起訴で罰金五〇万円で手打ち。司法は、なんと政治家に甘いのか。さて、渡辺代表にはどんな幕引きが待っているのか。

今回のコラムははじめは、政府自民党が籾井勝人会長を押したて、周辺を固め、ＮＨＫを自分たちで牛耳ろうとする一番ムカッ腹の立つ動向に対し、ＮＨＫ内部の職員の皆さんの奮起を促すつもりであった。――「NHKの職員の皆さん、本当にこのままでいいのですか。いま、NHKは重大な岐路に立っているのです。戦争中、大本営発表のいいなりに放送を流し、どれだけの人が戦争に捲きこまれ死んだでしょうか。安倍大本営のいいなりになることは、またふたたびの道を歩くことです。それでもなお皆さんは沈黙をしつづけるのですか」と。これはまたいずれ。

（2014・4・1）

「ねじれ」とは何か

安倍晋三首相の靖国神社参拝を契機に、中国・韓国のみならず米国からも〝失望〟の矢が放たれ、日本の孤立化が深まった根本的原因は何か。それについて、加藤典洋氏が、記者の問いに答える形で語っている（「孤立する日本」、「朝日」4・11付）。

加藤氏は、日本は先の戦争に対し、アジア諸国にしっかりと謝罪することが「動かない原則」であるにも拘らず、なぜ、謝れないのかと自問しつつ、それは「敗戦で日本が背負った『三つのねじれ』に正面から向き合」おうとせず、逃げてきたからだと語る。

その第一の「ねじれ」とはなにか。いうまでもなく靖国神社の問題にかかわる。先の戦争は、通常いわれる「国益」の衝突によるものではなく、民主主義とファシズムの争いで、明らかに日本は間違った悪い戦争をしたのである。しかしだからと言って、その戦争で死んだ自国民を哀悼しないわけにはいかない。その解決策がない、と加藤氏は指摘するのである。

ではどうすればいいか。いうまでもなく、A級戦犯合祀をやめ、遊就館を撤去することである。加藤氏はそこまで踏みこもうとしないが、一週間後の朝日新聞同欄で米ハーバード大学名誉教授のエズラ・ボーゲル氏はインタビューに答えて、はっきりとそれ以外にないと明言している。氏は、安倍首相の靖国参拝に「失望した」と表明しつつ、日本は、周辺諸国に対し「加害者側としていつまでも謝る必要がある」し、「外国人の目からみると（加害者としての意識が）決定的に足りない」と批判している。ドイツでは、侵略戦争を肯定する「遊就館」とは逆に「加害に関する博物館」を作り、ドイツの指導者は今も謝りつづけているという。見事というほかない。そうしなければ「ねじれ」がほぐれるはずがないことは明白だ。

第二の「ねじれ」は、憲法だと加藤氏はいう。そして中身はすばらしい、しかし米国から押しつけられた憲法をどうやって自分たちのものとするか。護憲派もこの難題を避け、それゆえ「憲法が政治の根幹として機能しない」という。しかし果たしてそうか。これに対しては、六〇年も前の今は亡き竹内好さんの「憲法擁護が一切に先行する」（雑誌『平和』一九五四年五月。拙著『戦後編集者雑文抄』参照）を思いおこさざるを得ない。竹内さんも、はじめは「こんなものを勝手に作りやがって」と思ったという。しかしだんだん、たとえアメリカから与えられたとしてもいいものはいいと思うようになり、次のように書いている。

「日本国憲法を作ったアメリカは作ったことを後悔している。……日本国憲法は、アメリカも捨てたし、日本の支配層も捨てている。……だから日本の人民が、それを自分のものだと宣言すれば、それは日本人民の作りだしたものになる」と。天皇から与えられた戦前の「大日本帝国憲法」が悪いものだったことは、歴史が証明したことであり、いいものは誰からの発案でもいいものなのだ。日本国憲法を米国からの押しつけと言いつのるのは政府支配層であって、そのテに乗って「ねじれ」を増幅させてはならない。ボーゲル氏も、「今の段階で（憲法）改正に踏み切れば日中、日韓関係はさらに悪化する、それは危ない」と警告している。

さて、第三の「ねじれ」は、「天皇の戦争責任をあいまいにしてきたこと」に基因しており、天皇は存命中に、「戦争に道義的責任がある」と発言すべきだったが、それがなかったために、政治家は自分たちの戦争責任と真剣に取り組まず、「戦争で苦しんだ人々の思いを受け止める倫理観を麻痺させ」たと、加藤氏はいう。そのとおりだろう。しかし死人に口なし、「ねじれ」をときほぐすためには加藤氏の最後の言葉を借りていえば、「政治家の顔が見える、本当の心をともなった謝罪」を、ドイツのように今は亡き昭和天皇に代って、安倍首相が従軍慰安婦をはじめ、多くの戦争被害者へしつづけることである。

（２０１４・５・１）

小さな兆候こそ

いまから三〇年ほども前に書かれた木下順二さんのエッセイに、「小さな兆候こそ」というのがある。わずか数枚たらずの短いものだが、そこで木下さんは、丸山眞男さんの『現代政治の思想と行動』（未來社）のなかで紹介されている一つのエピソードを借りて、ほぼ次のように書いている。

かの第二次世界大戦前夜、ナチスが政権を獲得した一九三三年のある日、ドイツ人の商店に「ドイツ人の商店」という札が貼られた。そしてしばらくしたある日には、ユダヤ人の店先に、それを示す「黄色い星のマーク」がさりげなく貼られたのである。しかしそれが一体何を意味するのか、日常の生活に忙しく追われている一般市民には、何ひとつわからなかった。しかしそれから七年、あのアウシュヴィッツなどでのユダヤ人大虐殺が始まったのである。すべては、はじめの「小さな兆候」が予告していたにも拘らず。そして、日本が、かつて太平洋戦争にまでのめりこんでいった全過程もまた、これと類似していることを木下さんは指摘してもいるのである。

さてところで、いまわたしたちは、「小さな兆候」どころか、相次ぐ「大きな兆候」のかずかずに直面している。それらが「予告」するものは一体何か。さすがに、かつての戦時中の天皇制ファシズム国家体制下とは異なり、戦後の平和憲法を軸足とする民主主義運動の担い手たちによる抵抗運動が、日々、くりひろげられている。しかし、木下さんのいう一般市民は、相変わらず「日常の生活に忙しく追われている」のである。その間隙を縫って、政治支配者が数をたのみ思うように国家体制を牛耳るのは、ナチスのみではない。しかも狼は、いつも羊の皮をかぶってやってくるのである。

これはかつてちらりとふれたことがあるが、もう四〇年ほども前、日本で公開されたライザ・ミネリ主演のアメリカ映画『キャバレー』の忘れられない一シーンがある。一九三〇年代、まさにナチス台頭の前夜のベルリン。ある日、公園で「一般市民」が楽しく団欒していると、少年合唱団の美しい歌声が流れてくる。カメラははじめ、少年たちの可愛い表情をとらえているが、ゆっくりと少年たちの肩から腕にカメラが移動すると、そこには、ナチスの象徴であるハーケン・クロイツの腕章が巻かれている……。「一般市民」は歌声に耳傾け、誰一人、その「小さな兆候」には気づかない。毎日のように、誰かに向かって片手をかざし、にこやかな微笑を満面に浮かべ、颯爽とテレビに登場する安倍首相を見るたびに、わたしは、この映画を思いおこす。羊の皮の下には、何が隠されているだろうか。

木下さんは、歴史（過去）をふりかえる時、そこに「もしも」（if）という仮定を立てるのは無意味だという一般的な常識に対し、そうではなく、歴史に「もしも」を持ちこむことの大事さを語っている。――「あの時もしもこうしていさえしたらばと、痛恨の念を以て自分の過去をふり返ることは、現在の自分の姿勢と未来への自分の歩みとを点検し、反省し、それを推進させる力になるだろう」と。木下さんは、謙虚に「自分」と言っているが、それを「日本」と置き換えてみればどうだろうか。

「小さな兆候」であれ「大きな兆候」であれ、わたしたちは、鋭く敏感でなければならない。「もしもあの時」と、再び「痛恨の念」で歴史をふり返らないように。ブレヒトが言うように歴史は必然ではないのである。

（２０１４・７・１）

六九回目の敗戦記念の夏のおわりに

「敗戦」という言葉が、いつ「終戦」と入れ換わってしまったのだろうか。かつての、日本が呼称した「大東亜戦争」、いわゆる太平洋戦争は、すんなり終ったわけではない。日本が無条件降伏することによって終ったのである。つまり、米英中ソ四カ国のポツダム宣言を受諾、白旗を掲げたのである。なぜ、敗けたことを誤魔化そうとするのか。ここに、中国・朝鮮などのアジア諸国、そして米国までがいまなお指摘する日本の「歴史認識の欠如」の原点がある。

日本が敗北したのは、なにも矢折れ刀尽きたためではない。明治いらいの天皇制支配によるアジア諸国への植民地支配・侵略戦争の歴史が敗北し、否定され、断罪されたのである。当時の民主主義的勢力によって、ヒトラー率いるドイツと、天皇＝現人神《あらひとがみ》率いる日本のファシズム勢力が敗北し、お蔭で、日本は七〇年になんなんとする戦後の平和を、近代においてはじめて享受できているのである。アジア諸国、そして自国での数限りない死者たちの墓標の上に立って……。

いまは亡き丸山眞男さんに、「復初の説」という有名な講演がある。すでに半世紀以上も前、岸信介を首班とする政府・自民党が警察権力を導入、反対派を排除して「新安保条約」を強行採決した一九六〇年五月一九日～二〇日直後の六月一二日、「民主政治を守る講演会」でのものである。そこで丸山さんは、「復初」という言葉の意味、つまり「ものの本質にいつも立ちかえり、事柄の本源にいつも立ちかえる」ことの大事さを強調したのである。では、「本質」「本源」とは何か。それは、戦後の民主主義をふみにじった暴挙の日＝一九六〇年五月一九日〜二〇日であり、さかのぼれば、全土が廃墟と化した敗戦の日＝一九四五年八月一五日である。この「本質」「本源」に絶えず立ちかえることによって、現在の「自分自身の存在根拠」を問わねばならないと、丸山さんは語ったのである。

去る八月一五日、例によって例のごとく、「終戦の日」と称して政府主催の全国戦没者追悼式が開かれたが、式辞で天皇も安倍首相も、ただのひとことも、アジア諸国への加害の責任にはふれず、まるで日本人のみが戦争の被害者であるかのごとくであった。安倍首相に至っては、パプアニューギニアに行って、一二万余の戦死者に手を合わせてきたなどとも言ったが、なぜ、そんな遠くまで行って兵士は死ななければならなかったのか。言うまでもなく侵略戦争の尖兵として狩り出され、見捨てられたのである。そのような戦争を遂行した日本が、敗戦という過酷な浮き目をみたのが八月一五日なのだ。その「本質」「本源」に立たずして、なにが戦没者の追悼といえようか。

敗戦の日に先だつ広島・長崎での平和祈念式典での安倍首相のあいさつの冒頭が、前年のコピペ（引き写し）といわれたが、中身も例年と似たり寄ったり、美辞麗句を重ねるだけで、何ひとつ魂のこもった言葉は聞かれなかった。「復初の説」に耳を傾けようとしない人間の当然のありようである。

一方、長崎の被爆者代表の城臺美彌子さんが、用意した文面を無視し発言した言葉にこそ、「ものの本質」「事柄の本源」に立ちかえる呼びかけがあった。……「今進められている集団的自衛権の行使容認は、日本国憲法を踏みにじった暴挙です」。いま「新安保条約」による暴挙が、沖縄・辺野古の海を襲っている。

猛暑の夏も去り、あっという間に秋風が立った。いまから一〇〇年ほど前、「日韓併合」に心痛めた石川啄木の有名な短歌一首を、国名をさしかえて引用しよう。

地図の上日本国にくろぐろと墨をぬりつつ秋風を聴く（啄木の歌は「朝鮮」）

（２０１４・９・１）

〝護憲と反原発〟――未来に進む両輪

「朝日」九月二九日の第一面トップが、二七日におこった御嶽山の噴火の記事を写真とともに大きく占めるのは当然で、火山ガスなどに阻まれ救助が難航するなか、「死亡4人 心肺停止27人」と白ヌキの見出しがある（結局は、死者五八人、行方不明者五人――後記）。まだ救助されない人もあり、楽しかりし登山が一瞬にして大災害に転じたのである。傷ましい思いである。

その記事の隣りには、土井たか子さんが、二〇日に肺炎のため八五歳で死去していたことが八段ヌキで報じられていた。ほかに早野透氏の評伝、社会面では半ページをさいて「歩く憲法9条」と呼ばれた土井さんの政治活動の歩みが辿られ、「天声人語」子も、護憲の原点としての土井さんの徹底した反戦・厭戦の立場を讃えた。一九七〇年代前半、土井さんの秘書というより最も信頼する友人として三十年余寄り添い、身内だけの葬儀にもただ一人出席した五島昌子さんや、富山妙子さん、そして今は亡き松井やよりさんたちが立ち上げた「アジアの女たちの会」に、わたしは男だったが編集者として協力し、当時編集をしていた雑誌『未来』に書いてもらったりした。それらの打合わせのため、土井さんの衆議院議員会館の一室に自由に出入りしていたが、時折現われる土井さんが、「やあ、やってますね」と、はじけるような笑顔とともに激励してくれたひと齣などを忘れることができない。

その土井さんの死を悼み、遺志をつぐかのように、「憲法9条にノーベル平和賞を」の全五段の意見広告が掲載されている。これは神奈川県の主婦・鷹巣直美さんが、「憲法9条を保持し続けた『日本国民』を受賞者に」と、ノーベル賞選考委員会に提案したことに端を発するもので、主として全国の弁護士会などを中心にした署名運動の呼びかけである。どう考えても平和と相反する佐藤栄作元首相や、オバマ大統領に平和賞を贈るようなトンチンカンな選考もあるが、それはさておき、憲法九条こそが人類が到達した最高の規範であることを、何とかして世界に知らしめたいものだ。

護憲と反原発、これこそ、わたしたちが未来に進むための両輪だが、反原発を主軸とする「プロメテウスの罠」の長期連載は、なお続いている。九月二六日からはじまった「妻よ」(本田雅和執筆)は、福島第一原発事故で避難を強制され、うつ状態になり、二〇一一年七月一日、焼身自殺した渡辺はま子さんをめぐる記録である。夫の幹夫さんは、妻の死と原発事故との因果関係を提訴、東電はそれを認めなかったが、先月の八月二六日、福島地裁は、自殺の原因は原発事故であると判決、原告は全面勝訴したのである。しかしもはや命はかえらない。かつて東電側が、はま子さんの死に対し、「個体側のぜい弱性」にあると主張したことを知って愕然としたことがある。3・11以後、福島での自殺者は五六人、退避生活を強いられている人は一三万人にのぼるという。

社会面には、原発のない町に戻そうと奮闘する宮城県女川町議の阿部美紀子さんが、半ページほどの紙面で紹介されている。水俣病問題でチッソ本社前で座りこんだこともある阿部さんは、経済優先で人間が軽んじられているのは原発も同じと語る。そして原発のお金なしで生きられる町にするためには、原発が止まっている今こそ好機と考えているという。彼女は回船問屋や酒店を両親と営みながら、一男四女の母でもある。国会議員たちよ、この一人の女性町議に、政治とは何かを学べといいたい。「声」欄の投書（牧師・後平一氏）で、小学校六年生の社会科教科書に九条の文字と条文が見あたらないことが、危機感とともに訴えられていることも付記しよう。暗然たる思いとともに。

（2014・10・1）

〝衣の下に鎧〟が見える――イスラエルでの安倍首相

せんだっての一月一九日、イスラエルを訪問中の安倍晋三首相が、第二次大戦中のナチス・ドイツによるユダヤ人虐殺の資料等を収めた国立ホロコースト記念館「ヤド・バシェム」を見学、終了後、記者たちに行ったスピーチを朝日新聞で読んで、わたしは唖然としないわけにはいきませんでした。もっとも、安倍首相のこれまでの言うこと為すことには唖然の連続でしたから、特に驚くこともありませんが、冒頭、安倍首相は、「ユダヤの人々がくぐった苦難を全人類の遺産として残そうとする」イスラエルの人びとに敬意を表し、「特定の民族を差別し、憎悪の対象とすることが、人間をどれほど残酷にするのか、そのことを学ぶことができました」と、「決意を新たに」語ります。

なにが今更らしく「決意」か、といいたい。安倍首相の祖父も一員として推進したかつての大日本帝国が、わずか七〇年ほど前まで、朝鮮・中国をはじめとするアジア諸国に対する植民地支配・侵略戦争で、どれだけ「民族を差別し、憎悪の対象」としてきたか、安倍首相は、全く知らぬ存ぜぬなのでしょうか。目の前に山ほど「学ぶ」べき負の遺産としての歴史があるにも拘らず、のこのこイスラエルまで出かけなければ、「学ぶ」ことも、「決意」を新たにすることもできないのでしょうか。

新聞には、麗々しく献花する安倍首相のハガキ大の写真が記事とともに一面に掲載されていましたが、その前に、アジア各地に建てられた日本軍による犠牲者たちを記憶する多くの記念館・記念碑にこそ、まず花輪を捧げ、謝罪するべきではないでしょうか。かつて、ポーランドを訪ねたブラント元西ドイツ首相が、ゲットーの前で言葉もなく崩れ落ちるようにして涙を流し、謝罪したことを思い起こします。これが政治家の真にあるべき姿です。

さらに驚くべきことには、短いスピーチのなかで、日本人の「先人」として、ビザを発行して多くのユダヤ難民を助けた有名な杉原千畝氏をあげ、その「勇気」を讃えていることです。杉原氏の行為は立派でした。しかし、まるで当時の日本人の代表であるかのように杉原氏をかつぎ出し、かつての日本が、ナチス・ドイツと手に手をとって侵略戦争を遂行し、敗北したことへの反省がひとかけらもないことです。いうまでもなく、日本は、ユダヤ人大虐殺に間接的に加担したのです。杉原氏一人の功績で責任を逃れることはできないのです。そのことをまずもって謝罪することが、首相としてのみならず、一個の人間としてとるべき道ではないでしょうか。

安倍首相は、おわりに、例によってステロタイプの美しい言葉でスピーチを結びます。――「差別と戦争のない世界、人権が守られる世界の実現に向け、働き続けなければなりません。日本としても、人々の人権を守り、平和な暮らしを守るため、世界の平和と安定に、より積極的に貢献していく決意であります」と。「巧言令色鮮《すくな》し仁」とは、まさにこのことです。もしこれが真に安倍首相の目ざすところならば、憲法九条をこそ「積極的」に守らなければならないはずです。しかしその「決意」は裏腹にすすみつつあります。「衣の下に鎧」が見えるのです。みずからの国の歴史的責任に目をつぶって、自画自賛し、国力増進をのみ目指す先に、平和も人権もないことは明らかです。

安倍首相のイスラエルでのスピーチ直後の二〇日、「イスラム国」から、拘束されている日本人二人を人質に、二億ドル（二三六億円）が要求され、それが実行されなければ七二時間以内に二人を殺害するという映像がインターネット上で公開されました。いま現在（一月二二日）、その渦中にあります。「イスラム国」への米・英等の千七百回余に及ぶ爆撃を支持し、昨年夏のパレスチナ自治区ガザへのイスラエル軍の大規模な攻撃で、女・こどもを含む二千人余が殺害されたことを黙過し、一月一七日、エジプト、カイロで行った中東地域の政策演説で、イラクやシリアなどに難民・避難民支援などとして約二億ドルの無償資金協力を発表するとともに、「『イスラム国』がもたらす脅威を少しでも食い止める」と安倍首相が発言したことに対する「イスラム国」からの報復といえます（二氏はのちに殺される）。いまは、ここまでにとどめるほかありません。

（２０１５・２・１）

「私はシャルリー」にノー！

「朝日川柳」（西木空人選、1・14付）に、こんな一句があった。「テロにノー『私はシャルリー』に少しノー」（神奈川県・桑山俊明）。そして選者の「表現の『自由』とは？」のひとことが添えられていた。わたしは次のように添削したい。「テロにノー『私はシャルリー』にもっとノー」と。フランスの週刊新聞『シャルリー・エブド』に掲載されたムハンマドやイスラムに関する風刺画は、風刺画ではない。これらは、ヘイト・スピーチになぞらえていえば、明らかなヘイト・ピクチャーである。絵も言葉と変わりない。なにが「表現の自由」か。

森達也氏は言っている――「表現の自由とはそもそもが、これを規制したり弾圧したりする国家（や政治システム）に対して行使されるべき概念だ。その表現によって傷つく人がいるなら、決して無制限に許される概念ではない。僕たち日本人は今、その悪しき実例を、自国内で体験しているはずだ」

（『自然と人間』二〇一五年二月）と。わたしたちが体験している「悪しき実例」とは何か。いうまでもなく「在特会」によって繰り返される在日コリアンに対する下劣なデモやヘイト・スピーチである。これも「表現の自由」か。

しかも驚くべきことに、『シャルリー・エブド』襲撃事件直後、世界四〇カ国以上の首脳がフランスに寄り集まり、「私はシャルリー」のプラカードをかかげ、「表現の自由を守れ」と叫んで大規模なデモ行進が行われたことだ。そして、最前列で腕を組んで歩く各国首脳の映像が流れ、あたかも世界中が連帯してシャルリーの正しさを追認するかのごとくであった。森氏は、「朝日」の論壇時評（1・29付）でも、前記のように、「表現の自由」は何に向って行使すべきかを重ねて強調しつつ、このようなデモは「向きがまったく違う」とのべ、英インディペンデント紙（電子版）の上から撮った写真にふれている。

それによると、各国首脳たちは、わたしたちが新聞で見たように、デモの最前列を歩いてなどいなかったのである。「首脳たちは通りを封鎖した一角で腕を組んでいた。後ろにいるのは市民ではなく、百人ほどの私服のSPや政府関係者だ。つまり首脳たちは市民デモを率いてはいな」かったのである。このような、写真一枚からでも見えてくるメディアの操作がもたらす結果は何か。「私はシャルリー」であり、「わたしはフランス人」という一斉の団結の声である。フランスの人類学・歴史学者エマニュエル・トッド氏は、「私はシャルリーじゃない、つまり宗教上の少数派を保護し、尊重しなければと言ったとたん、本物のフランス人ではない」と決めつけられると憂えている（インタビュー、「朝日」2・19付）。これは決して対岸の火ではなく、在特会などによる少数派の在日コリアンに対するヘイト・スピーチが、わがもの顔で横行する日本に生きるわたしたちの問題でもある。
それでつけ加えたいのは、第三書館（北川明社長）による『イスラム・ヘイトか、風刺か』の刊行に、わたしは全く賛成できないということである。北川氏は、『シャルリー・エブド』の風刺画は明らかにヘイト表現と認めているが、ムハンマドの顔にモザイクをかければすむとでも思っているのだろうか。「朝日」に書いた文章のこの本への転載を断った森氏が言うとおり、「ネガティブさを強調する記号であるモザイクを安易に使うべきではない」（「朝日」2・11付）し、何よりもまず、少数派の在日イスラム教徒の人たちが傷つき悲しむことに思いを致すべきだろう。いくら「これは風刺画ではない。『嫌韓』流のヘイト本だ」と広告で弁解しても、認めるわけにはいかない。

（2015・3・1）

アイヒマンと菅官房長官

毎日のようにテレビに登場する菅義偉官房長官の顔を見ながら、その発言を聞いていると、ふと、わたしは、マルガレーテ・フォン・トロッタ監督の映画『ハンナ・アーレント』に、実写フィルムで登場するアイヒマンを否応なく想い浮かべてしまう。その無機質で顔色ひとつ変えないような表情もさることながら、ただひたすら、安倍晋三首相とその政権周辺を守り抜くため、上から言われたことを、オウムのように記者団に単々と伝え、どんな質問にも「問題ない」と一蹴、沖縄・辺野古の基地建設反対闘争に対しても、沖縄県民の痛みなどどこ吹く風、「法に従って、粛々と、工事をすすめたい」とさらりと言ってのける有様である。そういえば、この人は、「粛々と」という言葉が好きなようだ。アイヒマンも、何ひとつ疑うことなく、ヒトラーの命令で、粛々と、ユダヤ人虐殺を実行したのだった。

安倍首相＝菅官房長官の息のあった連携プレーを、ヒトラー＝アイヒマンの関係になぞらえるのは、いささか大げさに過ぎるかもしれないが、事の大小に拘らず、両者の精神構造には共通したものがある。それはかつての戦争中と本質的には変わることのない上意下達ということである。上意とは何か。手元の辞書によれば、「主君のおぼしめし。命令。上位の者や政府の意向・命令」などとある。戦争中、主君はいうまでもなく天皇であった。その上意がそのまま下達されたお蔭で、自国のみならず他国のどれだけ多くの民衆が犠牲になったたか。それはさておき、世は変り、いまや、自称「最高責任者」は安倍首相である。この上意を損なわないために、安倍首相が自衛隊を「わが軍」といおうが、従軍慰安婦問題について「人身売買」といおうが、ひたすら弁明にこれつとめる菅官房長官の姿を見ていると、ああ、戦後七〇年たっても、政府中枢の在り方は、戦争中と同じ連続延長線上にあるのだな、と思わせられる。

さらに困ったことに、安倍首相及び日本政府には、米国という上意がある。この二重の上意下達の構造から脱却できない日本政治の宿痾の原因は一体どこにあるのか。それは、アジア諸国に対する植民地支配・侵略戦争に対する根底的な検証・自己批判・謝罪が、ほとんどないがしろにされるか、逆にこのままで水に流してしまおうとさえする日本政府の動向にある。一方、先ごろ惜しまれつつ世を去った、西ドイツのヴァイツゼッカー大統領の有名な演説『荒れ野の40年』（岩波ブックレット）でも明らかなように、ドイツは、ヒトラー＝アイヒマン的関係によって引き起こされた戦争犯罪を徹底的に追及、それらを根こそぎ排除し、二度と亡霊が生き返らないように、あらゆる手をつくしたのである。彼我の精神の在りようをくらべ、暗然とした思いにとらわれざるを得ない。

まあ、こんなことを百万遍くり返して言ってもはじまらないが、恐いのは、安倍首相ががなり立てる「戦後レジームからの脱却」だとか、「強い日本をとり戻す」などという景気のいい大鼓にのせられ、戦後いくらかでもつちかわれた民主主義的精神をないがしろにし、かつての軍国主義的風潮に回帰することである。つまり上意をなんら疑うでもなく、批判するでもなく受け入れ、それに協力する人間たちの〝挙国一致〟体制が出来上るということである。

真の民主主義とは何か。下意上達することである。上意下達の根を断ち切ることである。アイヒマン的「悪の陳腐さ」を追及することである。しかし果たして、その上で日本に真の民主主義は根づくのであろうか。毎日のようにテレビに登場する安倍＝菅コンビの顔を見ながら、憮然とした感慨の一端である。

（2015・4・1）

不都合な過去を帳消しにする安倍首相の演説

安倍晋三首相の米議会演説に、のっけから岸信介祖父が登場したのには驚いた。しかも「民主主義の原則と理想を確信している」元総理大臣としてである。一九六〇年の安保条約改定の強行採決に反対する闘争に参加した者の一人としては、全く逆の民主主義の原則と理想に違反した人物としての記憶しかない。その禍根が、沖縄・辺野古沖での基地反対闘争にまで尾を引いているのだ。

いや、それはかりではない。小さな人名辞典にも、祖父の戦前の業績（?）の一部には、こうある。——「一九三六年、満州国産業部次長となり、満州国革新官僚の筆頭。四一年、東条内閣の商工相。四二年、翼賛選挙で翼賛議員として当選。東条内閣の戦争経済推進に積極的な役割を果たす」

そして戦後、A級戦犯として逮捕・投獄されたが、辛うじて一命を永らえたのである。歴史認識などどこ吹く風の安倍首相にふさわしく、祖父はまるで生まれながらの民主主義者であるかのような言い分である。いうまでもなく祖父は、演説で安倍首相が「哀悼」を捧げる、「真珠湾、バターン・コレヒドール、珊瑚海……」で命を落とした「アメリカの若者」に対し、重大な戦争責任も負っているのである。

しかも、安倍首相は、アメリカが「一九世紀後半の日本を、民主主義に開眼させた」という。そして「日本にとって、アメリカとの出会いとは、すなわち民主主義との遭遇でした。出会いは一五〇年以前にさかのぼり、年季を経ています」ともつけ加える。しかし、日本が民主主義に開眼したのは、ほんの七〇年前ではないのか。それ以前の八〇年は、西欧に追いつけ追い越せの富国強兵政策にのっかって、ひたすら戦争、そしてアジア諸国に対する植民地支配に明け暮れ、果ては、米英をはじめとする民主主義国家の連合国側に、日・独・伊のファシズム国家の枢軸国側が敗北、無条件降伏したのである。敗戦時、わたしは十代後半にさしかかっていたが、「鬼畜米英」という言葉は、毎日のように頭にたたきこまれたが、「民主主義」という言葉をついぞ教えられたことはなかった。教えられたのは、天皇のため命を捧げることだけである。これが日本近代一五〇年のありのままの「年季」である。

かくして、演説前に注目されていた日本帝国主義のアジア諸国に対する植民地支配・侵略戦争については、案の定、ひとことも触れず、ただ「先の大戦に対する痛切な反省」と、「アジア諸国民に苦しみを与えた事実から目をそむけてはならない」とのべたに過ぎない。そしてただちに、戦後、アジアの発展にどんなに寄与したかを、安倍首相は誇らしげに語るのである。まるで、それで戦前のことは帳消しだと言わんばかりである。

安倍首相のいう「先の大戦」でのアジア太平洋地域での死者数は、中国で一三〇〇万から二〇〇〇万、インドネシアで三〇〇万から四〇〇万、ベトナム・カンボジア・ラオスで一〇〇万から二〇〇万、フィリピンで五〇万から一〇〇万、朝鮮で十数万、しかも戦闘員より民間人が多い。そして日本の戦死者は三一〇万余、米国は四一万といわれている。いったい、おおよその数でしかいえないこれら累々たる死者は、誰によってもたらされたのだろうか。それは「痛切な反省」の一言で済まされることだろうか。

しかし安倍首相は、「前だけを見て構造改革を進め」(ということは後ろは振りかえらず)、「希望の日米同盟」を基礎に、「国際協調主義にもとづく、積極的平和主義」を断固として貫く、「この道しかありません」と宣言する。ふと、戦争中、東条首相が、「断固、大東亜戦争を完遂し、勝利する」と叫びつづけていたことが想い起こされた。

（2015・5・3）

ある日の新聞紙面から

ある日とは（二〇一五年）五月二九日、紙面は朝日新聞である。まず「天声人語」がいい。安全保障法制で自衛隊員のリスクが高まるのではないかという議論に対し、安倍晋三首相が、「木を見て森を見ない議論」と発言したことへの批判である。もともと人間には同類である人間を殺すことに強い抵抗がある。にも拘らず戦場ではそうはいかない。激しいストレスにさらされ、イラクとアフガンの戦争に派遣された米兵二〇〇万人のうち、五〇万人が精神に障害をおこし、自殺者も多い。イラクやインド洋に派遣された自衛隊員のうち、帰国後五四人が自ら命を絶ったという。安倍首相にとっては、一人の命＝一本の木は、どうでもいいことなのだろうか。「天声人語」子がいうとおり、「木を語らずに森は語れない」のである。

一面から二面にかけては、安全保障関連一一法案を審議する衆院特別委員会に関する記事が中心である。しかし「『事態』論議答弁あいまい」とか、「『事態』混然」とかの見出しで明らかなように、政府は「重要影響事態」「存立危機事態」「武力攻撃予測事態」「武力攻撃切迫事態」など、やたらと「事態」を並べているが、野党側の質問にも十分答え切れず、いったい、どこがどう違うのか不明のまま「ぼやかし」つづける有様である。いや考えてみると、これが政権側のテなのではないか。政治家でも理解できないものを一般国民が理解できるはずがない。そのまま、「積極的平和主義」とか、国民の生命と財産を守るとかの美辞をまき散らし、審議は十分つくしたと、数をたのんで法案を通す魂胆なのではないか。危機感に立った記者たちの記事に共感を覚える。

翁長雄志沖縄県知事の米国行脚の記事が、五面トップに写真入りで報じられている。普天間飛行場の名護市辺野古への移設反対の沖縄県民の声を、翁長知事みずから安倍首相に直接訴えても聞く耳を持たず、「辺野古が唯一の解決策」の一点張り。ついに業をにやして、政府間交渉に頼らない「自治体外交」への出発である。ハワイに到着、早速二人の議員と会談、「民主主義国家の日本なら、沖縄の声を聞くべきだ」という意見もあったが、日米首脳会談などによる移設というハードルは高い。「どこまでできるか」――翁長知事の悲痛な覚悟である。それを支えるかのように、文化・文芸欄では、憲法学者の木村草太氏が、「住民投票なくして『辺野古新基地建設』はあり得ない」として、憲法第九五条の活用を提言している。それによると、たとえ国会で移設に多くの賛成を得ても、地元住民の同意を得ない限りその法律は制定されないというのである。さまざまな仕方で、なんとしても辺野古移設を阻止しなければならない。

「ゲバラの実像」の連載がつづいている。ＣＩＡの元工作員の証言で、ゲバラ射殺の模様が語られる。一九六七年一〇月九日。無念だ。また、「70年目の首相」の連載は、終生、憲法改正への執念を燃やしつづけた岸信介首相の系譜がたどられてきた。それが孫の安倍首相にどう受け継がれたか。次回から安保改定と集団的自衛権の関係を考えるという。この連鎖をどこかで断ち切らねばならない。教育欄では、二〇一八年度から道徳が正式な教科に格上げされるが、「子どもの心の中にも関わる道徳の題材を、国がチェックできるのか」と記事は文科省の検定基準に疑問を投げかけている。戦時中、子どもだった頃の「修身」の教科書を想いおこし、ひたひたと寄せてくる不吉な足音が聞こえる。

ある日の新聞に寄せる感想である。

（２０１５・６・１）

〝オバマ米大統領広島演説〟批判

「いま、読みつぎたいもの」（『レイバーネット』に連載したコラムの通しタイトル。本書では主にⅢに収めた）は、言うまでもなく、わたしが記憶し心に刻んだ先人の言葉や作品をとりあげ、現在の思想的・政治的状況への批判の一助にしたいと試みているものです。しかし時には、否定的な意味で、読みつぎ、忘れないように心がけねばならない発言や、それに関連した事態が起こります。それに対しては、急いで異議を申し立てねばなりません。それが、ハタ迷惑な、税金をフンダンに使った果て、〝大山鳴動鼠一匹〟に等しい「伊勢志摩サミット」につづく、オバマ米大統領の広島訪問での演説と行動でしょう。

オバマ大統領は、演説の冒頭で何と言ったでしょうか。七一年前の雲ひとつない晴れ渡った朝、「死が空から降ってきて」(death fell from the sky) 世界が変ったと語りはじめたのです。えっ? 原爆は、雨や雪のような自然現象なのでしょうか。ヒユとしても余りにも失礼で、事実をボカすにも程があります。謝罪したくなかったらしなくてもいいから、せめて「米軍によって世界最初の原爆が投下されました」と、どうして言えないのでしょうか。

こういうゴマカシを言う人の言葉には真実味がありません。以下何を言うかといえば、太古の昔からあった戦争にはつきものの暴力です。つまり、原爆もまた、最も「残酷」ではあるにせよ、そのひとつと言いたげです。そして、原爆を投下した爆撃機のパイロットを許した女性を引き合いに出し、憎いのは戦争だと一般化するのです。誰が上から命令され、それを実行したパイロットを憎むでしょうか。いうまでもなく、その責任は、明らかに非戦闘員、オバマ大統領のいう「罪なき人たち」(innocents) を大量に虐殺できるだろうことを、実験によって明確に予知しながら、しかも、日本の降伏を目前にしながら原爆を投下した米国、及び当時の責任者とそれに加担した周辺にあります。また、広島につづき長崎に、種類の異なる原爆を投下したこと、しかも、ともに人口密集地を目標にしたことは、その〝実験性〟を証拠だてるといわねばなりません。

オバマ大統領は、用意された〝美しい言葉〟を並べたてます。すべての命は尊いとか、七一年前にはここに同じ大切な時間があったとか、広島と長崎を道徳的目覚めの始まりにしたいとか、どれも当たり前のことです。しかしもし目覚めるとするならば、まず、唯一、原爆で非戦闘員を大量殺戮した米国でしょう。原爆により、敗戦の年に一四万人が死にました。そして現在までに三〇万人の死者を数えます。さきごろ起こった沖縄での米軍属の男による女性殺害容疑事件の折、安倍首相や政府は、これまで同様、「再発防止と綱紀粛正」を繰り返しました。それに対し、翁長雄志知事は、「話《はなし》くわっちー」と呼んだといいます。「決して実現しない口先だけのよい話」という意味です。この言葉をオバマ大統領にも送りたいと思います。

その証拠に、オバマ大統領は、核攻撃の承認に使う機密装置を持った軍人数人を同行させていたのです。「核なき世界」を滔々と演説しながら、一方で、いつでも核攻撃が可能な「核のボタン」を、事もあろうに、広島の平和公園に持ち込んでいたのです。しかも、平和記念資料館では、入口に集められた資料を、わずか五分か一〇分見学したに過ぎません。朝鮮人原爆犠牲者慰霊碑は素通り、これで〝ヒロシマ〟を見たといえるでしょうか。被爆者を抱擁したり、折り鶴をとどけたりなどというパフォーマンスに目がくらんではなりません。いまから九〇年ほど前に書かれた中野重治の短篇小説の最後の一行を引いてとどめとします。

――「わたし等は侮辱の中に生きています」（『春さきの風』）

（２０１６・６・１）

芸術作品としての日本国憲法——なかにし礼さんに学ぶ

　これまでに、約四〇〇〇曲を作詞、歌謡界を席巻し、『長崎ぶらぶら節』で直木賞を受賞した、なかにし礼さんが、皆さんは「私のことを軟派のエロじじい」と思っているかも知れませんが、「エロスがなければ平和もありません」「人を愛することは基本的人権の謳歌であり、……権力に対する最大の反逆になり得る」と語りつつ、「日本国憲法は世界一」「世界に誇れる芸術作品」と、憲法記念日の翌日の「朝日」紙上のインタビューで思いをのべていて、わたしは深い感銘を受けました。

　たまたま、昨年末刊行された小説『夜の歌』（毎日新聞出版）を読み、わたしは強い衝撃を受けていました。がんが再発、最後の小説と覚悟して取り組んだこの小説は、二段組み四六〇頁に及ぶ大長編で、そこには、なかにしさんの「人生の土台」を作った戦争・棄民の体験、そして戦後の作詞家としての栄光と、戦争で傷ついた親族との悲惨な関係が、まさに赤裸々に描かれているのです。

　満州で生まれたなかにしさんは、七、八歳で、敗戦・引き揚げの壮絶な現実に直面したのです。「無敵」と称した関東軍は、八月八日、ソ連軍が侵攻するや、百数十万人の居留民を見捨てて、さっさと逃亡してしまいます。軍隊なるものが民衆を守るものではないことを、なかにしさんは、身をもって知ったのです。さらに、日本国政府は、居留民の引き揚げをしぶり、帰国の事業が始まったのは、敗戦翌年の夏からです。その間、侵略者とされた居留民たちが、どんな状況に突き落とされたか。

小説は、ゲーテの『ファウスト』に登場するメフィストフェレスのように、また、ダンテの『神曲』でのウェルギリウスのように、美人のゴーストが登場し、なかにしさんを過去・現在、時空を越えて道案内するという構成になっています。そこでなかにしさんは、戦争体験のさまざまを、決して目を蔽うことなく直視します。脱出する軍用列車に、開拓団の人びとが「乗せて下さい」と殺到し、しがみつくのですが、なかにしさんは、泣きながら「同じ日本人の指を一本一本もぎ取るようにはがした」ことを書いています。加害者としてのみずからをも告白することによって、戦争が個人をどんなに踏みにじるかを、余すところなく描いた傑作ということができます。

憲法記念日に行われた、〝憲法改正〟を求める集会での安倍首相のビデオメッセージに対しても、なかにしさんは、インタビューで厳しく批判します。「首相は憲法を尊重し擁護する義務を負っている」にも拘わらず、二〇二〇年に憲法を改正するなどと明言することは「大問題」だと言い切ります。これまで、憲法九条を敵視していた安倍首相は、その一項二項を残し、自衛隊を明文として書き込むと豹変し、これならば反対勢力を抑えこむことができると思っているのでしょうか。安倍首相は、かつての帝国日本の軍隊が何をしたかの歴史的教訓を学ぶことなく、自衛隊を、どうしても戦争できる軍隊にしたいのです。なかにしさんの言葉をかりれば、「もってのほか」と言うほかありません。

なかにしさんは、戦争の悲惨さを経験させられるのは個人であるという立場を大事にします。清洌の戦争中に書かれた『暗黒日記』を例にあげ、弾圧によって個人の自由がいかに束縛されていったかにふれつつ、平和や憲法を訴えるのも、「あくまで個人としてで、いかなる団体や集団の一員としてでは」ないことを力説します。心すべきことです。

「一人ひとりが自分の言葉で意思を示す勇気」――それが大切なのです。

（2017・5・20）

II

〝敗北〟は連続している

二〇一三年一月一日、朝日新聞の社会面トップをデカデカと飾った「日の丸を掲げたい街」という記事には、びっくり仰天しました。「日の丸」が翻る三葉のカラー写真とともに、「人がつながっていたあのころ感じる」「地元の財産。子らに誇りを持たせたい」「教育基本法にある目標に従うべきだ」と、まるでスローガンのような見出しをかかげ、石川県中能登町、大分県津久見市、鹿児島県垂水市の「官民挙げて（日の丸）掲揚に乗り出した」動向を、全面的に応援する二人の記者のルポだったからです。その内容を紹介する余裕はありませんが、元旦早々、わたしは悪い初夢を見るような思いでした。しかし考えてみれば、これは悪夢でもなんでもなく、「朝日」をはじめとする日本の新聞ジャーナリズム、マス・コミのほとんどのありようなのでしょう。

たまたま、わたしは、上丸洋一氏の『原発とメディア――新聞ジャーナリズム2度目の敗北』（朝日新聞出版）を読んでいました。この本は、戦争中、「言論の抑圧」とたたかうことなく「敗北」した新聞ジャーナリズムが、戦後もまた、「安全神話」に倚りかかって原発の推進に荷担し敗北した歴史を、敗戦につづく「2度目の敗北」としてふりかえり検証したものです。「朝日」の論説委員である上丸氏の良心的な勇気ある証言として、高く評価されましたが、果たして、どうでしょうか。

まず第一に、新聞ジャーナリズムは、戦争体制とたたかったのでしょうか。原発推進とたたかったのでしょうか。否です。ただ当時の支配的勢力に迎合・荷担したに過ぎないのです。たたかわないでどうして「敗北」などといえるのでしょうか。第二に、上丸氏は、巻末に「ジャーナリズムに三度目の敗北は、許されない」と、美しい言葉で決意をのべていますが、これまでに「敗北」は、二度しかなかったのでしょうか。昔のことはいちいちいいませんが、たとえば、戦争中、「日の丸」がどんな役割を果たしたかについて一言もふれないような、冒頭に紹介した記事などが大手を振って登場する道を開いた「日の丸・君が代」法制化に、新聞ジャーナリズムやマス・コミは、どうたたかったのでしょうか。沖縄の基地問題やオスプレイ配備に、どうたたかいつつあるのでしょうか。これらひとつひとつの積み重ねが、結果として、戦争・原発推進に荷担したのであって、「敗北」は、二度や三度ではなく、切れ目なく連続しているといっても過言ではありません。

十数年ほども前の一九九九年七月、「日の丸・君が代」法制化に反対する対話集会を有志たちと開いたことがありますが、その「呼びかけ」に、わたしたちは次のように書きました。「五十数年前まで、アジア・太平洋地域のどこかの街を日本軍が占領するたびに『日の丸』が翻り、天皇陛下万歳が三唱され、『君が代』が流れた。戦争被害者たちの、決して忘れることのできない傷は、いまも疼き続けている。そのことに思いをいたして粛然とすることのできる、人間として最低限の想像力すら、わたしたち日本人は持ち合せていないのだろうか。こうした想像力を欠いた国民は、これからも何度でも、みずからを滅ぼすであろう」と。

これから何度、「敗北」をくりかえせばいいのでしょうか。

（2013・2・3）

〝体験〟を普遍的な経験へ

ブレヒトの代表的戯曲に、『肝っ玉おっ母とその子供たち』があります。この作品は、一六一八年から四八年まで、ドイツを中心にヨーロッパの殆んどを捲き込んだ宗教戦争、いわゆる三十年戦争を背景にしたものです。肝っ玉おっ母と呼ばれる主人公は、幌車に食糧や酒や日用品を積みこみ、戦場を転々とする軍隊の尻を追いかけて商売をしています。しかしその間に、息子二人を戦争で失うばかりか、一緒に仕事をしていた愛する聾唖の娘まで殺されてしまいます。それでもなお、肝っ玉おっ母は、性懲りもなく、移動する軍隊に向って「あたしも一緒に連れてっておくれよ！」と叫び、幌車を勢いよく引っぱって行くところで幕が下ります。

さて、この戯曲に対してある批判がおこりました。子供たち三人を戦争で亡くすという悲痛な「体験」をした母親が、どうしてなんら変ることなく、軍隊に寄食しつづけるだろうか、なんらかの変化があるはずだ、というわけです。それに対してブレヒトは、この作品は、第二次世界大戦勃発の直前に書かれたものである。第一次世界大戦という膨大な戦争「体験」がありながら、なぜまたふたたび戦争が起ったのか。個々の「体験」が、普遍的な「経験」として認識されなければ、人間は変らないし、戦争など阻止する力にもならない、と大意答えたのです。ブレヒトは、肝っ玉おっ母が、「体験」をとおしてみずからを省み、反戦の闘士となるという結末で、観客を感動させ、カタルシス（浄化）させることを避け、「体験」だけでは変革されない人間を提示することによって、わたしたちに、では、どうすればいいかを考えるよう仕向けたのだと思います。

「喉元過ぎれば熱さ忘れる」という誰もが知っている諺がありますが、どんなに苛酷な「体験」でも、わたしたち一人一人がバラバラに耐えたり、水に流したりしている限り、残念ながらそれらはやがて忘れ去られてしまうのです。いや、いつの世も時の政治的権力者たちは、それを願っているといっても過言ではないでしょう。それが民衆支配の要諦だからです。大事なことは、いまは亡き藤田省三さんの言葉を借りれば、「体験」を「経験としての沈澱物」にすることではないかと思います。「体験」を感動的に浄化することではなく、つらいことですが、そして努力のいることですが、普遍的な「経験」としての「沈澱物」として、みんなで共有し、ありのままに現実を直視することではないでしょうか。

この頃、ＮＨＫのテレビをつけて気になることがあります。それは、三八人の有名な俳優やタレントたちが、一輪の花を手にして歌いつぐ『花は咲く』（作詞・岩井俊二／作曲・菅野よう子）という、東日本大震災の「復興支援ソング」です。「今はただ　なつかしい／あの人を思い出す」とか、「花は　花は　花は咲く／いつか恋する君のために」とか、なんとも甘い激励と癒しと浄化の言葉の羅列は、被害者たちを個人の「体験」にのみ、明るい希望にのみとどまらせようとしているとしか思えないからです。敢て言えば、この歌は、戦争中の『海行かば』の裏返しの歌です。ブレヒトの戯曲は、次のような詩の合唱で終ります。

「春が来たぞ！　キリスト教徒よ、日を覚ませ！／雪は融けた。憩いについた死人どもは動かない。／だがまだ死なないでいる奴は／腰をあげて動き出す」（岩淵達治訳）

（2013・3・9）

〝風評〟がもたらすもの

しばらく前の話ですが、ウィリアム・ワイラー監督のアメリカ映画『噂の二人』が、日本で公開され評判になったことがあります。この映画の原作は、わたしの敬愛する今は亡き劇作家リリアン・ヘルマンの出世作となった戯曲『子供の時間』（一九三四）ですが、映画も、主人公のオドリー・ヘップバーンと、友人のシャリー・マックレーンの名演技とともに、深く印象に残りました。簡単に荒筋を書きますと、この二人は小さな寄宿学校を共同経営しているのですが、ある子供の二人は〝同性愛者〟だという何気ない「噂」がひろがり、友人は自殺、学校は閉鎖されます。同性愛に対する偏見は、いまなお払拭されていませんが、当時は根強いものがあったのです。

映画のラスト・シーンを忘れることができません。友人の葬儀に、単なる「噂」だったことを詫びる父母たちがずらりと参列しているのですが、その目前を、友人も恋人も学校も失ったオドリー・ヘップバーンが、誰一人にも目もくれず、決然と風を切るように去って行くのです。そのシーンから、わたしは、「噂」などに惑わされず、偏見とたたかう勇気を与えられたように思います。

3・11以後、膨大な現実の被害とともに、「風評被害」に関する報道がされました。「風評」などと、まるで風の便りみたいな言葉ですが、つまりは「噂」であり「流言蜚語」ということです。「流言蜚語」を『広辞苑』で引いてみますと、「根拠のないのに言いふらされる、無責任なうわさ。デマ」とあります。原発事故による「風評」で、農産物や海産物などにかかわる人たちの困難は、まさに死活問題ですが、放射能に追われた学童たちが、避難先の学校などで、汚染されているという「風評」で差別されているという報道には、怒りを通り越して暗澹たる思いにとらわれたものです。「風評」=「噂」=「流言蜚語」がどんなに災厄をもたらすか、決して忘れることのできない歴史的教訓を思い起こさざるを得ません。

それは、一九二三（大正一二）年、関東大震災時における朝鮮人虐殺です。震災の混乱のなか、「朝鮮人が井戸のなかに毒を入れている」などという「風評」が流れ、実に、数千人にも及ぶ朝鮮人が、自警団と称する民間人たちの手によって、撲殺・刺殺され、埋められたりしたのです。いまでは、この事実は多くの人に知られていますが、朝鮮の植民地支配の歴史とともに、教科書などでどれだけ詳細に記述されているか、疑問といわざるを得ません。また、ヒロシマ、ナガサキなどの被爆者が、原発事故によって追われた人たち同様、放射能に関する「風評」によって、今なお、苦難の状況にあることも忘れるわけにはいきません。

さて、これまでの話にくらべ、まことに小さな私事にわたることで失礼ですが、わたしも「風評」

によって、かつて教職を追われた者です。六〇年以上も前の一九五二年四月、仙台の学校を出て東京都立一橋高校の昼・夜間部の時間講師に奉職したのですが、半年後、「アカ」の「風評」で、あっさりクビになったのです。朝鮮戦争下、アメリカ占領軍の進歩的陣営に対する弾圧が猖獗を極めていた時代です。夜間生たちに授業のあと、金もないので教室の片隅や公園のベンチなどで、魯迅や宮澤賢治や戦後思想・文学について話したりしたことが、「アカ」の「風評」となったのです。幸い翌年、編集者の職を得ましたが、これがわたしの社会への出発の一ページとなったのです。

（2013・4・6）

自己批判能力について

ともすれば挫けそうになる精神を励ますため、わたしが繰り返し読む文章に、いまは亡き藤田省三さんが二十数年も前に発表した「現代日本の精神」があります。このことは、二年ほど前にも、ある小さな文章でもふれたことがありますが、このごろマスコミを賑わせる安倍晋三首相や、橋下徹・石原慎太郎維新の会共同代表などの言動に接していると、あらためて、藤田さんの日本及び日本人に対する完膚なきまでの批判にふれたい思いに駆られます。

まず、藤田さんは、いまの日本は、「経済問題」つまりカネ儲けに集中するあまり、人間にとって最も大事な「内側からのブレイキ」としての倫理を投げ捨てていると指摘して、次のように極言します。

「倫理的ブレイキとは何か。その基礎は反省能力、自己批判能力です。そしてこの自己批判能力をいちばん欠いている国民は誰かというと、僕の知っている限りでは、日本国民をおいてはいない」

「日本国民」といっているのですから、当然、わたしへの警告でもあります。それゆえ尚更、安倍・橋下・石原トリオの言動には、敏感にならざるを得ません。彼等には、かつての朝鮮などへの植民地支配、中国をはじめとする東南アジア諸国への侵略戦争に対する反省、自己批判は、ひとかけらもないと断言してもいいでしょう。いや逆に、侵略については学界的・国際的に定義がないとか、強制連行には証拠がないとか、「従軍慰安婦」は戦時にはどこの国でもやっていたとか、つまりは、自己批判どころか、日本帝国主義の歴史的・対外的に証明された犯罪を隠蔽することに躍起なのです。石原氏に至っては、戦争は自衛のためだから仕方ない、植民地支配はヨーロッパの白人がみんなやったことだ、どこが悪いかとまで開き直ります。あいつも泥棒やったんだから俺がやって何が悪いという言い分です。また泥棒が公然と証拠を残すでしょうか。

藤田さんは、こういう自己批判を知らない人にあるのは、「自己愛、つまりナルシシズムだけ」と断言します。そしてそれは「自分が所属する集団への献身」であり、「その献身の対象が国家であれば国家主義が生まれ、会社であれば会社人間が生まれて、それがものすごいエネルギーを発揮する」と語ります。近代以来の「挙国一致主義」は、敗戦という未曾有の経験によっても一切「反省」「自己批判」されず、さきごろの重大な結果を招いた福島原発事故によっても立ち止ることなく、ますます加速されている有様です。「日本はひとつ」「美しい日本」「強い日本」エトセトラ。

こうした動向から何が生まれるでしょうか。いうまでもなく、在日朝鮮人をはじめとする少数者に対する差別、「異質なるものを毛嫌いする」排外主義です。最近の〝ヘイト・スピーチ〟などといわれるものにも明らかですが、その要因は、いうまでもなく、近代における日本帝国主義のアジア諸国への植民地支配、侵略戦争への「反省」が欠如していることにあることはいうまでもなく、それをさらに推進しているのが安倍・橋下・石原トリオにあることも明らかです。このトリオに、藤田さんの言葉を贈ります。

――「日本は、世界からみると、傲慢で、ずうずうしくて、厚顔無恥、しかも無知も加わって、なんとも恥ずかしいとしかいいようがないですね」(「現代日本の精神」藤田省三著作集6『全体主義の時代経験』みすず書房に収録)

(2013・6・15)

万歳をなぜ拒否するか

「朝日歌壇」(八月一一日)に、次のような投稿歌が選ばれていました。(佐々木幸綱選)

当選者よ民の代表と思うならば派手な万歳せずともよろし　（東京都）狩集祥子

本当に、選挙が終わるたびにくりかえされる、あの「万歳」にはうんざりです。他の候補に勝って「万歳」と叫んでいるのでしょうか。これから何年か議員生活を保障される喜びの余りの「万歳」でしょうか。いずれにせよ、どの「万歳」も、「民の代表」としての責任・決意を表明するものとはとても思えません。せんだっての参院選（七月二一日）で、当選者のうち山本太郎氏ただ一人は、「万歳」を拒否しました。立派です。共産党までが、自民党などと同じ「万歳」を相変らず唱えるとは、情けないことです。

かつての戦争中、わたしは徹底的に「皇民化教育」を受けました。その十数年間、わたしの日常に絶えずつきまといつづけたのが、「君が代」であり、「日の丸」であり、そして「万歳」でした。この三点セットで、わたしは「愛国少年」として仕立て上げられたのです。この三点セットが、国内のみでなく、アジア諸国への植民地支配・侵略戦争の行くさきざきで威力を発揮したことは周知のとおりです。「三点セット」は、アジア諸国民の血と涙にまみれたものです。

戦後、わたしは、みずからの無知に対する痛恨の思いとともに、いかなる場合も「三点セット」を拒否し、それらに加担しないことを心に決めました。「日の丸・君が代」が法制化（九九年八月）されるずーっと以前から、NHKは、その日の番組の終了時、風に翻る「日の丸」の映像にかぶせて「君が代」を流しつづけました。それを理由に、（他にも理由がありますが）NHKの受信料を拒否し、今も変わりません。もう半世紀ほども前のことで記憶は定かではありませんが、ソ連（当時）からボリショイ・サーカス団だったかが来日、開幕にあたって主催国に敬意を表し、「君が代」が演奏され、観客は起立したのです。しかしわたしは席を立ちませんでした。率直にいって、その時のつらい思いは忘れることができません。

ただ一度、「万歳」をしないという決意を破りそうになったことがあります。それは、ベトナム解放戦線が、あの巨大な軍事大国・アメリカに勝利し、彼等をたたき出した日です（ベトナム戦争終結・七五年四月三〇日）。わたしは思わず「万歳」と叫びたい衝動に駆られたのです。そうなのです。「万歳」は、それを叫ぶ側の立場によって一八〇度、意味が異なるのです。一九四五年八月一五日、日本敗戦の日、朝鮮半島全土はむろんのこと、在日朝鮮人のなかから、一斉に「万歳」の声が湧き上がりました。むろん、朝鮮語で「マンセー」です。それは三六年に及んだ日本の植民地支配からの解放を喜ぶ「マンセー」なのです。

さらに忘れてならないのは、その解放の日から遡ること半世紀余の一九一九年三月、日本の植民地支配に抵抗して立ち上がった朝鮮人民の「三・一独立運動」です。それは日本側によって「三・一万歳事件」とも呼ばれているように、少年たちまで含めた朝鮮人民二百万人余が、「祖国をかえせ。朝鮮に永遠の栄光あれ。万歳《マンセー》！」と口々に叫んで抵抗運動を展開したのです。むろん、日本の軍隊・官憲の弾圧は苛酷を極め、死者七千人余、負傷者一万五千人余、逮捕・投獄者は数十万人にも及んだといいます。「万歳！　マンセー！」にこめられた朝鮮人民の抵抗と解放の思いに対し、アジア各地を侵略するたびに日本軍隊が「日の丸」「君が代」とともに雄叫びのように三唱した「万歳」が、いかに無残か。三点セットを拒否するゆえんです。

（2013・8・25）

埴谷雄高さんの〝非国民〟の生涯

前号（『ほっととーく』8・25号）の高根英博作・画「わたなべーだ」を見て吃驚仰天！　なぜなら、こともあろうにわたしの似顔絵が登場（全くサマにならない顔ですが）、いまから五六、七年も前、わたしが未來社の編集者として埴谷雄高さんのエッセイ集を編集・刊行したこと、それらを「多感だった学生の頃」読んだ高根さんが、「埴谷教の信者」となって「人生を送ってしまった」ことなどが、簡潔に面白おかしく描かれていたからです。こんなところで（失礼！）久しぶりに「埴谷教の信者」に出会えるとは、嬉しい限りです。近頃書いたある文章に対し、ネット上に、「非国民」「売国奴」なる光栄ある称号をわたしも送られたので、それらについて書こうかと思ったのですが、予定を変更、埴谷さんの「非国民」に貫ぬかれた生涯の一端をご紹介することにします。

ところで、一九九七年二月、八七歳で生涯を閉じた埴谷雄高さんについて、いま、どれだけの人が知っているでしょうか。埴谷さんのみならず、明治以来の富国強兵を中心にした日本の近代化を批判し、戦時下の苦難を生きのび、敗戦とともに一斉に開花した戦後文学者たち――野間宏、武田泰淳、木下順二ほか、井上光晴にまで至る人たちの仕事が、いま、どのように読みつがれているでしょうか。甚だ心許ない気がします。わたしが埴谷さんに出会った頃は、それこそ一部の「信者」の間でのみ密かに読まれる方でしたが、生涯を賭けて書きつがれた長篇小説『死霊』は、日本文学の記念碑的傑作として高く評価されています。やれ何十万部売れたなどと騒がれるいまどきの流行作家の小説とは、ケタが違います。

埴谷さんの文学の根底に流れるものの一つに、幼・少年時代を過した台湾での植民地体験があると思います。つまり、わずか十万人ぐらいの日本人が、八百万人の本島人に対し好き勝手に威張りくさっている光景を、目の当りにしたのです。買物では値切りに値切って少しの金しか払わない。人力車に乗ると車夫の頭を後ろから足で蹴って、あっちに行けこっちに行けと命令する。幼な心に日本人に対する嫌悪感がつのったと、埴谷さんは語っています。

いま一つは、獄中体験です。埴谷さんは、日本共産党員として一九三二年三月、二二歳の時、治安維持法違反で逮捕・起訴され、一年近く牢屋に放りこまれたのです。あと執行猶予で出獄しますが、当時、「売国奴」「非国民」と決めつけられた人は、大日本帝国憲法下、投獄・処罰されたのです。治安維持法には、最高死刑までがありました。「光栄ある称号」などと呑気なことを言ってはいられない時代です。しかし獄中で埴谷さんは、やがて日本は戦争に敗北するだろうことを予期して、『死霊』の構想を練ったのです。一九四五年八月一五日、敗戦当日、ただちに勤めをやめ、小説執筆に専念したことは有名です。それゆえ、埴谷さんは、現在の日本国憲法も、「第一章　天皇」の第一条から第八条がある限り認めないという立場を、生涯、貫きとおしました。かつての大日本帝国憲法、治安維持法などによって、「非国民」扱いされた人びとがどれだけ苦難の道を歩かねばならなかったか。そのことを忘れず、許さないためです。

高根さんのマンガに描かれていますように、埴谷さんは、決して思想家然とした人ではなく、「ペラペラペラ」かどうかは別にして、わたしたち編集者や、酒場のホステスたちにも別け隔てなく語りかけ、全力でみずからの考えを他に伝えようとした人でした。そして絶えず、次の世代への「精神のリレー」を力説しました。編集者として埴谷さんと出会い、同時代を共に生きることが出来た幸運は、何ものにもかえ難いものです。


（２０１３・10・13）

無念なこと――吉本隆明さんの発言

まず、二つの発言を引用します。

「日本の憲法第九条みたいなものが最もいい。僕は世界の憲法を調べたことがあるんですが、武力を持ってる国ほど有力な発言権があるという考えを否定すれば、どの国と比べても日本の憲法は圧倒的にいいものだと思いました」

「原発を捨て自然エネルギーが取って代わるべきだという議論もありますが、それこそ文明に逆行する行為です。たとえ事故を起しても、一度獲得した原発の技術を高めてゆくことが発展のあり方です」

これはともに、時期は異なれ、昨年三月世を去った吉本隆明さんの発言です。前者は、糸井重里氏のさまざまな質問に対して吉本さんが答えた『悪人正機』(朝日出版社・二〇〇一年刊、のち新潮文庫)での発言で、後者は、亡くなる直前、『週刊新潮』(二〇一二年一月五・一二日号)のインタビューに答えたものです。

前者で吉本さんは、核兵器の行使などは普通あり得ないことで、それを前提に戦争を考えたりするのはダメだと語り、同時に、原子力発電についても、例外的な事故があったからといって、飛行機や車と同じく、やめるわけにはいかないとも語っています。その「例外的事故」が一昨年の3・11でしたが、吉本さんは、後者でその発言をさらに補強するかのように、もし原発を完全に放棄したら「文明を発展させてきた長年の努力は水泡に帰してしまう。人類が培ってきた核開発の技術もすべて意味がなくなってしまう。それは人間が猿から別れて発達し、今日まで行ってきた営みを否定することと同じなんです」と断言しているのです。これが、「知の巨人」と評されて戦後の思想界を席捲し、いまもなお語りつがれる吉本隆明さんの、ほとんど遺言ともいうべき最期の言葉となりました。残念なことです。

すでに半世紀以上も昔の一九五〇年代末、わたしは、前号でふれた埴谷雄高さんや花田清輝さんなどの第一次戦後派といわれる文学者たちにつづくすぐれた詩人、批評家として、吉本さんの最初の文芸評論集ともいうべき『芸術的抵抗と挫折』と『抒情の論理』二冊の刊行に、編集者としてかかわったのです。戦争中、プロレタリア文学者や前世代の詩人たちのほとんどが、権力の弾圧によって転向したのみならず、積極的に権力側に協力、戦争を合理化する二段階の転向の道を歩んだことを批判した論考のかずかずに、わたしは目のウロコが落ちる思いを味わったのです。いまでもその思いは変りませんが、やがて吉本さんの声名がとみに高まるにつれ、わたしは吉本さんとの「長いお訣れ」をしなければならなくなりました。それを一言でまとめるのは困難ですが、敢えていえば、「今必要なのは、消費資本主義の段階にふさわしい、新しい善悪観、倫理観を作ることです」(『わが転向』文藝春秋・一九九五年刊)という言葉どおり、吉本さんが完全に消費資本主義の軌道を肯定し、かつての目ざましい批判精神、体制・権力側との対立・緊張感を失ってしまったからです。それが日本国憲法を「圧倒的にいい」と評価しながら、それに違反する核・原発の存在・推進を認める矛盾した発言に連結するのです。かつて深く敬愛した吉本さんの矛盾・転落に一編集者として直面した無念さには、計り難いものがあります。

若き日、吉本さんは、詩「死の国の世代へ」で、「平和のしたでも血がながされ／死者はいまも声なき声をあげて消える／かつてたれからも保護されずに生きてきたきみたちとわたしが／ちがった暁ちがった空に　約束してはならぬ」とうたいました。わたしはいまも、そしてこれからもこの詩句を胸にたたきこんで生きるでしょう。

(2013・11・30)

『愛国行進曲』またふたたび

わたしが小学校一年に入学して国語読本ではじめて文字を習ったのは、「サイタ　サイタ　サクラガサイタ」であり、「ススメ　ススメ　ヘイタイ　ススメ」でした。八〇年も前の一九三三（昭和八）年のことです。すでに満州事変（一九三一年）による日本帝国主義の中国侵略が公然とはじまっていましたが、むろん、わたしは何ひとつ知らず、幼い心で漠然と、やがては「ヘイタイさん」になるものと思いこんでいたのです。

やがて一九三七（昭和一二）年七月、日本軍はさらなる武力で中国に侵攻、日中戦争へと突入しました。そしてその年の一二月、閣議決定された国民精神総動員の方針のもと、「見よ東海の空明けて」にはじまる『愛国行進曲』が発表されたのです。この歌は、目ざましい戦果を報道する新聞記事のバックミュージックのように、NHKラジオで全国に毎日のように流され、誰もが口ずさみ、「撃ちてし止まむ」の決意に燃えたものです。その第一節の後半は、「おお晴朗の朝雲に／聳ゆる富士の姿こそ／金甌無欠揺ぎなき／我が日本の誇なれ」とあります。「きんおうむけつ」などといかにも難しい言葉で権威づけるのが、「御上《おかみ》」の常套手段ですが、広辞苑によれば「きずのない金のかめのように、国家が独立強固で、外国の侵略を受けたことのないこと」とあります。他国を侵略しながらよく言えたものです。かくしてわたしは、一挙に愛国少年に仕立て上げられたのです。

さて、「大行進の往く彼方／皇国つねに栄あれ」と結ばれる『愛国行進曲』も空しく、太平洋戦争で米軍にコテンパンに叩かれ、一九四五（昭和二〇）年八月、「皇国」は無残な敗戦を迎えます。連合国への無条件降伏です。わたしも無残な魂をかかえて、米軍空襲による廃墟に放り出されました。それゆえ、戦後、わたしは「サクラ」と「富士」に対するアレルギー反応をいかんともし難いのです。「サクラ」や「富士」自体には何んの罪もありませんが、それらを美しい日本、日本人の誇り、愛国のシンボルとして支配者たちは利用してきたのです。そしていまや、教育現場とマスメディアに、『愛国行進曲』が音もなく、またふたたび流れはじめています。

教育界とマスメディア・言論界を制覇することが支配の要諦であり、安倍政権がなんとしても強行したいところです。それゆえ、どんなに中国・韓国、そして米国からさえも、「歴史認識」の欠如を指摘されようとも、かつてのアジア諸国への侵略の事実には目をふさぎ、教科書に政府見解を盛りこんだり、道徳の教科化をすすめているのです。まさに国定教科書への逆行です。ドイツの教科書でのように、子どもの時からはっきりと過去の歴史的犯罪を教えることこそ、人間として美しいことであり、誇るべきことなのです。道徳教育は、侵略の歴史に対するひとかけらの自己批判もなく靖国参拝を強行する安倍首相や、五千万円の金をめぐって嘘八百を並べたてて辞職に追いこまれた猪瀬前都知事にこそ必要でしょう。

さらに安倍首相は、彼をとり巻くおべんちゃら作家や元家庭教師などをＮＨＫ経営委員に送りこみ、ただでさえ時の政府に色目を使うＮＨＫを牛耳ろうとしています。これまた公共放送どころか国営放送化しつつあります。そして安倍首相はテレビで笑顔をふりまきつつ、中国や韓国の抗議は誤解だと言いつのり、ふたことめには「美しい日本」という言葉をふりまき、『愛国行進曲』の音頭とりにつとめています。サクラや富士山だけが美しいわけではなく、ムクゲやモンブランだって美しいのです。自分でみずからを美しいという者にロクな奴はなく、美しい日本かどうかは、他が決めることです。歴史認識を欠如した日本は、いまなお醜い姿を世界にさらしているのです。

（2014・1・26）

たった一人の民主主義

すでに五十数年も前に日本で公開されたアメリカ映画『12人の怒れる男』（レジナルド・ローズ原作、シドニー・ルメット監督）は、裁判での陪審員たちの評決に至る討議を描いた作品です。父親を殺したとされる少年が裁かれていて、証言や状況証拠から一二人の陪審員のうち、一一人が有罪を主張するのですが、たった一人の男（ヘンリー・フォンダが好演）が無罪を主張します。

ここから、この一人の男のたたかいがはじまります。彼は一一人の男たちのそれぞれと、どうしてあなたは少年を有罪と判断するのかについて、誠実に対話しその根拠を明らかにしていくのです。そうすると、彼らの全員がなんらかの偏見や固定観念にとらわれていたり、複雑な過去や家族の事情に悩んでいることが明らかになります。実はそれらが、少年を有罪と決めこむ心理的要因になっていたのです。やがて評決は1対11から5対7、8対4などと徐々に変りはじめ、最後にはなんと12対0で逆転無罪となるのです。映画は、夏のムンムンする深夜の会議室での対話に終始しますが、無罪を勝ちとった一人の男が裁判所を出ると、雨上がりの濡れた階段に爽やかな早朝の光が流れています。晴ればれとした顔で彼が階段をトントンと下りていくラスト・シーンを、わたしは忘れることができません。たとえ、たった一人でも、不正に向ってたたかう人間の勇気を教えられたのです。

さて、以上は昔見た映画の話ですが、三年ほど前、芥川賞受賞作家でアメリカ在住の米谷ふみ子さんが朝日新聞に寄せた一文にも、心打たれました。そのことについては、当時、ある場所でチラリと書いたことがありますが、それは米谷さんの長男・カール君の小学校二年生の頃のあるエピソードです。彼は、クラスで毎朝行われる国旗宣誓を拒んだのです。米谷さん夫妻が命じたわけでもなく、日頃の両親たちの会話を聞いたりして、彼はみずからで判断したのだろうと米谷さんは書いていますが、うしろの子がカール君を起立させようとしたのです。すると担任の先生が、「カールはクラスにデモクラシーとは何かを教える機会を与えてくれた」と感謝し、「個人の信条を重視するのがデモクラシーだ」と話したのです。

大多数のアメリカ人のクラスメイトたちが、国旗宣誓のため起立している真只中で、たった一人起立を拒否することに、どんなに勇気が必要だったでしょうか。また、それをみて、その行為を「民主主義を教える機会」だと評価した教師がいたことにも感銘を受けます。米谷さんは、「民主主義の理想と不寛容が激しくせめぎ合」うアメリカと書いていますが、まだ〝せめぎ合う〟現実はあるのです。いまの日本の教育現場で、果たしてこんなエピソードがあり得るでしょうか。暗然たる思いです。

安倍政権は、みずからに有利な選挙制度にのっかって勝ちとった〝多数〟に居坐り、やりたい放題のことをやっています。このことを憂える人たちは、戦争中への逆行を指摘していますが、まさにその通りです。戦争中も、天皇制支配のもと、軍部が政権を握り、やりたい放題に戦争を遂行し、それに〝多数〟が加担しました。しかしそんな時代にも、〝少数〟の戦争反対の人たちがいたのです。むろん彼等は圧殺されましたが、敗戦によって、果たしてそれまでの〝多数〟と〝少数〟のどちらが正しかったかが証明されたのです。たった一人の男が一一人の誤った古い偏見を打破したのです。たった一人の少年が多数の友人の前で、民主主義の真の在り方を示したのです。考えてみますと、過去の歴史の扉は、はじめは、迫害を受けながらも人間の真のあり方を求めてたたかった、たった一人の人によって開かれてきたといえるかも知れません。

（2014・2・22）

小さな町の大きな出来事

今朝（3・27）の「朝日川柳」（西木空人選）に、「小さな町に気骨教わる」（神奈川県・大坪智）というのがありました。「小さな町」とは、いうまでもなく、沖縄県八重山地区の竹富町のことです。大きな文部科学省が、「新しい歴史教科書をつくる会」系の育鵬社版教科書を強要することに対し、まさに小さな町の小さな教育委員会が、「教科書はそんな簡単に変えられない」と、従来どおり東京書籍版を使用することを、三月二四日の定例会で決めたのです。しかも強要を拒否したため、国からの教科書無償給付が法的に受けられず、篤志家の寄付で購入・配布したというのですから、立派というほかありません。政府自民党が、道徳の教科化や、政府見解を書かせる教科書検定基準の改定などで、教育の根幹を牛耳ろうとする動向への、実に大きな抵抗の狼煙といえます。

いまから七年ほど前の二〇〇七年九月二九日、沖縄で、実に一一万人が参加した「教科書検定意見の撤回を求める県民大会」が開かれたことを記憶している人も多いと思います。それは、戦争中の沖縄での日本軍による集団自決強制を、教科書から削除するという政府の見解への抗議の行動でした。私事にわたって恐縮ですが、当時、いまはなき月刊誌『論座』(朝日新聞社)に、聞き手(上野明雄・鷲尾賢也氏)に答える形で、わたしの編集者としてのささやかな歩みを語ったことがあります(のちに『わたしの戦後出版史』としてトランスビューより二〇〇八年刊)。その二一回に及んだ連載の最終回で、この沖縄のたたかいへの感動とともに本土の出版界の現状を批判しつつ、わたしは、次のような言葉でしめくくりました。

〈沖縄の集団自決のみならず、「日の丸」「君が代」のもと、侵略・虐殺されたアジア諸国の人びとの多くは、いまだ「過ぎ行かぬ時間」(上原専祿氏の言葉)を生きているんです。日本人はそのことに思いをいたして、いまはやりの言葉でいえばもっともっと深く「自虐」しなければなりません。それが深まるならば、あるいは希望が生まれるかもしれません。木下順二さんが、ブレヒトを借用しつつ言っ

た言葉、「人は未来を急ぎ過ぎる、あまりに多くの未清算の過去を残したまま」を、こころに刻みたいですね。〉

自分の犯した罪をひた隠しに隠し、自分のいいところだけをいいつのる人や国に、希望はありません。戦後七〇年近くたって、アジア諸国どころか、欧米諸国からまで「歴史認識」の欠如を問われるということは、教科書に至るまで、かつての天皇制ファシズムが犯した犯罪を隠蔽・捏造しているからに外ならないのです。「未清算の過去」は、清算しなければなりません。

と、ここまで書いたところで、テレビが、静岡地裁（村山浩昭裁判長）による袴田巌さんに対する死刑停止、再審決定、そして即時釈放の判決を報じました。四八年ぶりに、病いを抱えながら東京拘置所を出てくる袴田さんの姿や、喜びに湧く支援者たちの映像を見ていて、わたしは胸にこみ上げてくるものをこらえることができませんでした。村山裁判長は、はっきりと捜査機関（警察）による証拠の捏造を指摘し、「耐え難いほど正義に反する」と見事に断じました。かつて袴田さんに死刑を宣告した裁判官が、泣きながら上からの圧力に抗しきれなかったことを詫びる場面もありました。

政府の強要に屈せず、みずからでいいと判断した教科書を選んだ沖縄の小さな町のたたかいと、一人の死刑囚の釈放を決定した一裁判官のたたかいは、決して無縁のものではありません。それはともに、権力による歴史的事実の隠蔽・改竄・捏造を許さないということです。小さな町の教科書問題とか、一人の死刑囚の釈放ですむことでなく、これらがどんなに大きな出来事であるか、深く心に刻みたいと思います。

（２０１４・３・30）

〝仇討ち〟に反対する

前号で、袴田巖さんの再審決定・即時釈放の判決を「大きな出来事」としてちらりと触れましたが、これを機会に、あらためて、くりかえし、「死刑制度」廃止の運動をすすめなければならないと思います。すでに欧米先進国をはじめ一四〇カ国以上が死刑を廃止するか、事実上やめていて、執行を現在もつづけるのは、西側先進国と言われるところでは米国の一部の州と日本だけだといいます。「経済先進国、人権後進国」のレッテルは、日本にいまなお通用しており、顔赤らむ思いです。人間として誇るべきものは経済ではなく人権です。人権を無視してオカネ大国になっているのが日本で、それをさらに推進しようというのが、安倍自民党のやりかたといっても過言ではありません。

政府の世論調査では、国民の八割以上が死刑の存続を支持しているといいます。しかしこんな世論ほどあてにならないものはありません。かつての戦争中、もし世論調査をしたら、八割以上どころか九割九分までが、日本の戦争を正しいと信じ、戦争継続を支持したでしょう。ところが敗戦の日を境に、あっという間にすべては逆転、平和の正しさを知ったのです。国民は、何も知らされていなかったのです。死刑制度についても同様で、そんな制度は誤りだと気がついた国ぐにが、次から次に廃止してきたのです。日本はいつ気がつくのでしょうか。死刑を廃止したために凶悪犯罪が増えたので、制度を復活したなどという話は聞いたことがありません。

ところで、死刑を廃止しなければならないのは、冤罪をなくすためとか、絞首刑が残酷だからだけではないのです。死刑は、国家権力による、もうひとつの殺人だからです。いまだに江戸時代のように、被害者の遺族に代わって、国家が「仇討ち」してあげているのです。その時、必ず持ち出されるのが遺族の心情です。しかし遺族は、殺人者に対して殺人で報いることに本当に納得しているのでしょうか。殺し殺される連鎖を断ち切らねばなりません。それをそうせず、「罪を贖う」などという美名にかくれて、国家はもうひとつの殺人をつづけているのです。四月末現在、確定死刑囚は一三二人います（「朝日」社説「袴田事件が問うもの／死刑のない社会を考える」5・6付）。

すでに一九九五年、六〇歳を前に世を去った丸山友岐子さんは、生涯を死刑廃止の運動に捧げた方といっても過言ではありません。名著『逆うらみの人生――死刑囚・孫斗八の生涯』という本を残されましたが、これはサブ・タイトルにあるように、在日朝鮮人の孫斗八という死刑囚の生涯と獄中闘争を描いたものです。孫斗八は、世話になった洋服商夫婦を惨殺、強盗を働いた罪で死刑になったのですが、処刑されるまでの一二年間、被害者には一言も詫びず、逆に無罪を主張、さらに刑務所内の人権を訴え、死刑制度の憲法違反など、さまざまな獄中闘争を展開、支援者たちをほとほと困らせた人物なのですが、丸山さんは最期まで応援しつづけ、次のように書いています。

「死刑というのはあんまり可哀そうだから刑一等を減免して無期刑にしてやれ、という死刑廃止論ではなく、目には目を歯には歯を、命には命をというやり方に反対なのである。人を殺すという愚劣な行為に『裁き』という名目で、もう一度その愚劣な行為を重ねる必要はない」と。孫斗八は、「だまし討ちにするのか！」と叫びつつ大暴れに暴れ、処刑されたといいます（前著）。

「一人を殺せば犯罪者で、戦場で多くの人を殺せば英雄となる」といったセリフを残し、微笑みながらワインをのみ、従容として死刑台に歩んでいくチャップリンの『殺人狂時代』のラストシーンを思いおこします。

（２０１４・５・17）

ＮＨＫに上がった抵抗の狼煙

戦時中、一般の庶民が知ることのできる世の中の情報は、ＮＨＫのラジオと新聞がほとんどでした。特にラジオは、文字に余り親しまない労働者や農民、そして老人や少年たちにとっての唯一の情報源だったといっても過言ではありません。皇民化教育と手に手をとったＮＨＫラジオから流れる戦争遂行のさまざまな情報――時の政府と大本営が垂れ流す情報によって、ほとんどの日本人は、侵略戦争の実体を知ることなく、かの無残な敗戦に突き落とされたのです。はじめて聞く天皇の声で戦争が負けたことを知ったのも、ＮＨＫラジオでした。そんな時代に少年期を送ったわたしが、愛国少年に仕立て上げられたのはいうまでもありません。

ＮＨＫの戦争責任は重大です。重大なのは、そういう過去の戦争遂行の先頭を切った事実だけでなく、戦後、根底からその責任を痛感し、自己批判し、再出発していないということです。それは何もＮＨＫのみでなく、すべてのマス・コミに言えることでもあります。嘘八百の報道を並べて、戦争に加担しつづけた新聞ですが、敗戦の日、ジャーナリストとしての責任を痛感し、朝日新聞社をその日退社したのは、むの・たけじ氏一人しかいなかったとさえいわれています。

戦争責任をずるずるとなし崩しにし、生きのびているのが、残念ながら、ＮＨＫをはじめとするマス・コミの実情です。むろん、戦後の民主主義運動の立場にたつすぐれた多くのマス・コミ人たちによって、戦争中には想像もつかなかった報道・記事・番組等々があることも事実です。しかしそれは当然のことなのです。

最近、籾井勝人会長の辞任か罷免を求めて、全国のＮＨＫ退職者有志一七二人が経営委員会に申し入れたという記事が小さく新聞にのりました（わたしがデスクだったら、社会面トップで大きく報道するでしょう）。小中陽太郎、下重暁子、山根基世氏らが名を連ねているといいます。たとえ退職者でも、ＮＨＫに関係した人たちが、ＮＨＫのトップに叛旗をかかげたことは、まさにＮＨＫはじまって以来の画期的な事態ではないでしょうか。

籾井会長や、百田尚樹・長谷川三千子経営委員の言動は、戦争責任などどこ吹く風、戦争中への回帰以外の何ものでもありません。生活がかかってもの言えぬ現職者たちに代わってのこの申し入れは、退職者からの激励です。新聞などはもっと横の連携をとって、共同戦線を結ぶときではないでしょうか。そうしなければ、数をたのんで戦争体勢を一気に加速化させようとする安倍政権に抗することは不可能です。

せんだって、わたしの敬愛するシカゴ在住のノーマ・フィールドさんのインタビューが、朝日新聞にのりました（三月一日）。そこでノーマさんは、米国流の格差社会に追従し、右傾化して再び戦争への道を歩みはじめた日本を心から憂えているのです。母親が日本人で、一九四七年東京生まれ、名著『天皇の逝く国で』（みすず書房）のほか、『源氏物語』や日本のプロレタリア文学の研究者でもあるノーマさんは、おわりに、井上ひさしさんの小林多喜二を描いた『組曲虐殺』のセリフ――「絶望するには、いい人が多すぎる。希望を持つには、悪いやつが多すぎる」を引いて、「いとおしく思う人や譲れない理念があるからこそ、愛情と共に怒りが生まれる」とのべ、怒りこそが原動力であり、こんな人間を馬鹿にした政治は放っておけないと結んでいます。

いとおしく思う人のために、決して譲れない理念のために、どのような場所に立つ人であれ、怒りを原動力として声を上げる時ではないでしょうか。かつて戦争政策を先頭に立って推進し、戦後もその責任を十分に果たしてきたとはいえないＮＨＫですが、退職者たちによって漸くにして打ち上げられた一角からの抵抗の狼煙を、わたしは心から応援したいと思います。

（２０１４・７・27）

「防災の日」に隠蔽されていること

去る九月一日は、関東大震災から九　年の記念日でした。政府は、「防災の日」などと称して、安倍首相みずから防災服などを着こんで訓練に立ちあう姿などが、テレビで報道されたりしました。当日の「朝日」夕刊は、一面トップで、研究者や高校生たちによる大震災の記録調査の取り組みについて、写真入りで大きく報道していました。しかし、テレビも「朝日」も（他紙は見ていません）、ただの一言も、大震災で虐殺された六千数百人の朝鮮人のことについては、何ひとつふれていませんでした。死者・行方不明者一〇万五千人といいますが、その数にいわれなき流言蜚語によって虐殺された朝鮮人は入っているのでしょうか。このように、自民族の被害については殊更にあげつらうが、他民族への加害についてはひたすら隠蔽するのが、歴代日本の支配者たち、またそれに追従するマス・コミの戦前からの大方のならわしといっても過言ではありません。なんとも困ったならわしです。

ところで、関東大震災と朝鮮人虐殺の史実については、その第一人者であり、日頃わたしが深い敬意を寄せる姜徳相さんが、「韓国併合の真実——日韓の100年を問い直す」を本誌（『ほっととーく』）に連載されており、とてもわたしの出る幕ではありませんので遠慮させていただき、すでに多くの方がご存知だと思いますが、演出家・俳優として日本新劇界をリードした、いまは亡き千田是也さんの関東大震災時における体験を紹介したいと思います。千田さんとは、未來社の編集者時代、『千田是也演劇論集』全九巻を企画・刊行させていただき、何かとお話をうかがった日々を忘れることができません。その体験は、『もうひとつの新劇史――千田是也自伝』（筑摩書房・一九七五年）に書かれています。

その日、烈しい混乱のなか、「朝鮮人が日頃のうらみで大挙して日本人を襲撃してくるとか、無政府主義者や共産主義者が井戸に劇薬を投げこんでいるとか、道ばたで避難民に毒饅頭をくばっているとかいう馬鹿馬鹿しいデマ」が流れてきて、はじめは千田さんも「ほんとうみたい」に思えたと書いています。ところが夜、千駄ケ谷駅近くの土手を歩いていると、「鮮人だ、鮮人だ！」といっていきなり取り囲まれ、「畜生、白状しろ」と、いくら早稲田の学生証をみせてイトウ・クニオ（本名＝伊藤圀夫）という日本人だといっても聞き入れず、教育勅語を暗誦しろ、歴代天皇の「お名前」を言えと迫られたのです。幸い、知人が現れたので千田さんは難をのがれたのですが、この体験を忘れないため、千駄ケ谷と朝鮮《コリア》をもじって、千田さんは、芸名を千田是也としたのです。しかし、このようにしてつかまった六千数百人の朝鮮人（なかには間違えられた日本人もいたといいます）が、刀や鉄棒やトビや竹槍で無差別に惨殺されたのです。

千田さんは書いています。――「いま思えば、ナチスのユダヤ人狩りと同じように、あれは震災で焼け出され傷つき裸にされた大衆の支配層にたいする不満や怒りを、民族的な敵対感情にすりかえようとした政府や軍部の謀略だったのであろう」と。大杉栄・伊藤野枝はじめ平澤計七などの社会主義者・労働者たちも殺されましたが、この歴史的事実は果たして過去のことでしょうか。否です。いまなお政府・自民党は、国連の人種差別撤廃委員会の勧告にも拘らず、猖獗を極める在日朝鮮人たちに対するヘイト・スピーチを野ばなしにし、大衆の民族的な敵対感情を煽っているとしか思えません。週刊誌など一部マス・コミも同断です。姜さんが館長をつとめる在日韓人歴史資料館の図録『写真で見る在日コリアンの１００年』（明石書店）の「関東大震災の受難」の章には、目を覆いたくなるような虐殺の写真が何枚か掲載されています。そこにそえられている萩原朔太郎の言葉を心して誌しておきたいと思います。

――「朝鮮人あまた殺され、その血百里の間に連なれり、われ怒りて視る、何の残虐ぞ」

（２０１４・９・６）

〝壁〟と村上春樹氏の言動

去る一一月九日は、東西ドイツを分断していた「ベルリンの壁」が崩壊してから二五年の記念日でした。壁を作って人間の往き来を遮断するなど、なんとも愚かな行為としか思えませんが、壁はまだ世界の至るところにあります。イスラエルがパレスチナのガザ地区を巨大な壁で封じこめていることは、よく知られています。朝鮮半島を南北に分断する軍事分界線も、いってみれば壁のようなものです。ウクライナは、ロシアとの民族紛争を阻止するため壁を建設中とのことです。万里の長城の遺蹟が象徴するように、人間は昔から、何かといっては壁を作り、そしてまた壁を壊す道のりを歩んで来たかのようです。

むろん、それらの壁は、突然変異で出来たものではなく、戦争や民族・宗教紛争、イデオロギー闘争など、さまざまな原因による産物であることは言うまでもありません。ベルリンの壁崩壊二五周年記念の二日前、ドイツの新聞ウェルトの文学賞を受賞した村上春樹氏が、ベルリンで記念講演したことが新聞などで報じられました。当然のことながら、村上氏の講演のテーマも壁に及び、「人種、宗教、不寛容、原理主義、強欲や不安という壁……のない世界を想像する力を持ち、その力を持続させる重要性を強調」（「毎日」）したといいます。尤もなことです。しかし講演のおわりの、「今、壁と闘っている香港の若者たちにこのメッセージを送りたい」のひとことには、わたしはただ、啞然とせざるを得ませんでした。

何が「香港の若者たち」ですか。村上氏には「日本の若者たち」は視野に入っていないのでしょうか。若者たちに限らず、いま日本で多くの人たちが、さまざまな壁にぶつかり苦闘している現状には、全く関心がないかのようです。フクシマ、辺野古、原発……それらのいちいちについては言いませんが、いま村上氏がまずもってメッセージを送る人たちが目の前にいるのです。もっとも、米国をはじめ外国の生活が多く、カフカ賞（チェコ）、エルサレム賞（イスラエル）、カタルーニャ賞（スペイン）、そして今回のドイツなど、もっぱら外国の賞が多く、ノーベル賞を今か今かと予想される村上氏にとっては、原発被害に苦しむ人たち、米軍基地で苦しむ沖縄の人たちなどは、視野の外といっていいかもしれません。

しばらく前、わたしはあるところで、村上氏の二つの言動について疑義をさしはさんだことがあります。その一は、ボストン・マラソンで起こった爆破事件について、村上氏が米『ザ・ニューヨーカー』誌に寄稿した新聞報道（「朝日」2013・5・5付）についてです。そこで村上氏は、爆破で亡くなった三人の死者たち、そして傷ついた人たちを、マラソンを復活させることで癒したいと語りました。しかし爆破を実行して生き残った青年が、イラク戦争での米国への侵略行為への報復と告白したことにはひとこともふれていません。むろん、爆破がゆるされるはずはありませんが、いわれなき戦争で、女・こどもなどを含む約一二万人のイラク人が殺されたことに、村上氏は考え及ばないのでしょうか。彼らはどうやって癒されるのでしょうか。

その二は、「エルサレム賞」受賞（二〇〇九年）のため、イスラエルまで出向いた折のスピーチ「壁と卵」についてです。そこで村上氏は、壁を曖昧な「システム」などと称し、みずからを固い壁にぶつかって壊れる「卵」と、それこそ曖昧に言い逃れながら、堂々と壁を作った側から賞金を貰ってくるとはどういう神経なのでしょうか。ガザ地区を取り巻く壁は、決して曖昧な「システム」などではなく、まさに「宗教、不寛容、原理主義、強欲や不安という壁」以外の何ものでもないのです。それに「卵」をぶつけることが、わたしたちに対する「メッセージ」なのでしょうか。沖縄にはりめぐらされている米軍基地、本土を覆いつくす原発、放射能がいまなおふりそそぐフクシマ。これらの壁に対しても、村上氏は「卵」をぶつけていればすむとでも思っているのでしょうか。

（2014・11・15）

渡辺清さんのこと

戦艦武蔵がフィリピン沖の海底千メートル余で発見されたといいます。かつての太平洋戦争の末期の一九四四年一〇月二四日、大和《やまと》と共に不沈といわれた武蔵は、米軍艦載機の雨あられの猛攻撃を受け沈没、乗組員二三〇〇人のうちのほぼ半数が、艦とともに運命を共にしたのです。わたしがこのニュースを知って感慨ひとしおなのは、武蔵に海軍少年兵として乗りこみ、まさに九死に一生を得て生還した渡辺清さんと戦後一〇年ごろに同人雑誌で知りあい、そのすぐれた仕事に深い感銘を受けつづけてきたからです。

渡辺さんは、一九八一年七月、癌のため五六歳で無念にも亡くなりましたが、生前と没後、四冊の著書を残しました。すなわち、『海の城――海軍少年兵の手記』（朝日選書）、『戦艦武蔵の最期』（朝日選書）、『砕かれた神――ある復員兵の手記』（岩波現代文庫）、『私の天皇観』（辺境社）です。これらによって渡辺さんは、いかに天皇を頂点とする日本帝国主義軍隊が残酷無比なものであったか、その下でどれだけの兵士たちが無残に殺されていったか、にも拘らず、戦後、責任者である天皇が一言のお詫びもしないのはどういうわけかを問いつづけたのです。

今日（三月五日）の「天声人語」でも渡辺さんのことが書かれています。「渡辺さんは重油の海を泳ぎ抜いたが、多くの将兵が艦内に取り残されたという。遺骨は今も海底に眠ったままであろう。つくづくとあの戦争は、膨大な人命と物資と精神の浪費戦だったと思う」――なんと牧歌的な書き方でしょうか。沈没寸前の武蔵の甲板で、頭を砕かれてあおむけにひっくりかえった友や、腹が裂け飛びだした臓物を腹につめこもうとする友や、旗竿にしがみついて「母ちゃん、母ちゃん」と叫んでいた少年兵や、彼等死者たちの断末魔の姿こそが、渡辺さんの戦後の生き方を決定したのです。彼等は、現人神《あらひとがみ》「天皇陛下」のために死んだのだ――この思いから一センチもさがらず、渡辺さんは戦後を生きたのです。

『砕かれた神』のおわりで、渡辺さんは、「アナタ」＝天皇のために「一心」に戦ってきたが、「アナタ」には「絶望」したので、「アナタ」との「つながり」を断つために、服役中「アナタ」から受けた金品をおかえしすると、給与の明細、軍衣・軍帽、靴下などのあらゆる「被服」五十数点、そして「恩賜の煙草」に至るまでを列挙し、「以上が、私がアナタの海軍に服役中、アナタから受けた金品のすべてです。総額四、二八二円〇五銭になりますので、端数を切り上げて四、二八二円をここにお返しいたします。お受け取りください」と書き、「私は、これでアナタにはもうなんの借りもありません」の一行で本を閉じています。

一九八一年四月二九日、天皇八〇歳の誕生日。渡辺さんは悪性の胆管癌の疑いで、手術は八時間ぐらいと医者から告げられます。『私の天皇観』は、その日の日記でおわります。

――「もし、だめだった場合は、そこで僕の三十七年間の『復員休暇』は終わる。そのときは静かに海に還ろう。／戦友の眠る南の海へ。／だがその前に、結果はどうあろうとも、／ここまできて、八十歳の天皇より先に死ぬわけにはいかぬ。／生き残りの意地にかけても、どうしても先に死ぬわけにいかぬ」

渡辺さんは、『私の天皇観』の刊行（八月一五日）を見ることはできませんでした。わたしは避けられぬ事情で葬儀に参列することができず、非礼を詫びつつ、弔電を打ちました。

――「ワダツミノ彼方ニ散ッタ魂トトモニ生キ、スグレタ作品ノ創造ニ全力ヲカケタ渡辺サンノ壮烈ナ死ヲ痛恨ノオモイデ悼ミツツ、決シテ安ラカニ眠ラズニナオモタタカウアナタヲ忘レマセン」

渡辺さんは、戦後、日本戦没学生記念会（わだつみ会）事務局長として尽力されたことを付記します。いまは、夫人の総子さんがその遺志をついでいます。


（2015・3・7）

「橋下劇場」は終わっていない

「橋下氏を危険な政治家だと考えてきた私にとって、政界引退は歓迎すべきことです」とは、去る五月一七日の「大阪都構想」の賛否を問う住民投票で、橋下徹大阪市長が敗北した直後の二〇日、朝日新聞紙上に掲載された映画監督・想田和弘氏の開口一番の発言です。同感です。わたしもまた、四年ほど前、橋下氏が大阪府知事時代、その言うことやること――たとえば「君が代条例」の可決とか、組合員の身上調査とかetcに我慢がならず、「ミニ・ヒトラーにふさわしい人」とあるところで書いたことがあるからです。想田氏はつづけて、「けれども『橋下劇場』は終わっていないのではないでしょうか」と語っています。これまた、同感というほかありません。

二〇〇八年一月の大阪府知事選挙の折、「二万パーセント出馬しない」と広言しておきながら、一週間後に前言を取り消して出馬を表明、橋下氏は得意のパフォーマンスを展開して府知事の座を射とめたのです。今回も解ったものではありません。「橋下劇場」といわれるように、橋下氏は、いかに観客＝民衆の興味・関心を引きつけることができるか、「民主主義は感情統治」という自説を展開し、かくして人心を収攬したらあとは「独裁」すればいいと思っているのです。敗戦後の記者会見でも、いかにも晴ればれとした表情で「民主主義はすばらしい」とか、「七年余りいい勉強をさせてもらった」とか、「政治家冥利につきる」などと、いかにもいさぎいい演技を披露、まるで政治はラグビー試合であるかのごとく、「ノーサイド」と称し、あとは弁護士にもどると、またもや広言しましたが、果たしてどうでしょうか。

橋下維新の会の「大阪都構想」でのつまずきは、彼らとともに手を組んで改憲の動きに拍車をかけようとした安倍政権にとっても、ちょっとした痛手でした。従って安倍政権は、一部観客のカーテン・コールに応えて、橋下氏の政界への再登場を画策しているのではないでしょうか。それをくい止めるためには、想田氏がおわりにのべているように、「『恐怖政治』『民主主義の蹂躙』といった紋切り型の言葉では、対抗できない。回り道のようでも、自分の言葉を紡ぎ、デモクラシーについての本質的な理解を深める必要がある」と思われます。

ベルトルト・ブレヒトに『戦争案内』という作品があります。六九篇の四行詩と、七十枚余の写真で構成されたものですが、それは大演説するヒトラーの写真ではじまり、そしておわります。つまり、ヒトラー・ナチスの台頭によって引き起こされた第二次世界大戦の勃発から終焉までの「破滅への道」が、どんなに民衆にとって悲惨なものであったか、誰がそうさせたかへの「案内」です。むろん、日本の「日出づる国の天子」が仕出かしたことも例外ではありません。そして『戦争案内』は、次の四行詩で閉じられます。

こいつがあやうく世界を支配しかけた男だ。
人民は　この男にうち勝った。だが
あまりあわてて勝利の歓声を　あげないでほしい。
この男が這いだしてきた母胎は　まだ　生きているのだ。

かつての日本帝国主義・ファシズム国家の母胎は、まだ生き残っているのです。そこから、ぞろぞろと這いだしてきている人たちが政治の中枢を牛耳っているのが現状です。「安倍・橋下劇場」の舞台に幕をおろさせなければなりません。

（2015・6・7）

わたしたちに問われていること

わたしの住んでいる地元で、九条を守るためにある運動体に所属して、日夜奮闘している（活躍ではありません）Aさんという女性がいます。頭の下がる思いですが、彼女が書いたある文章のある箇所に、わたしは猛然とひっかかりました。前後の脈絡なく大意をのべますと、ある対談で白井聡氏が、安倍首相を称して「インポテンツの男の子」と表現しているのに対し、Aさんは、「我が意を得たり。私もこの言葉をずっと言いたかった……いつも喉元迄でては飲み込んでいた……安倍を語る時これほど的確な表現はない」と書いているのです。

えっ！　Aさんよ、本当にそう思うんですか。三〇年にもなんなんとするさまざまな運動のはしくれで、Aさんと親しくさせて頂いてきたわたしとしては、全く納得できない発言でした。わたしは早速、白井氏の発言に同調されているあなたに同調できない旨、手紙を出しました。つまりインポテンツというのは性的不能ということであって、わたしのような末期高齢者にたいする自嘲的ヒユだけでなく、この病気で悩んでいる若者もいるのです。これは相手をメクラ、ツンボといっているのと同じなのです。どんなに我慢できない安倍首相であっても、肉体的欠陥で相手をさげすむ姿勢は、在日朝鮮人にあらん限りのヘイト・スピーチを投げかける連中と、同次元にたつことになります、と。

むろん、Aさんからは、「おっしゃる通りで……あちらと同じレベルになっていた事に自戒の念しきりです」という、誠実なご返事を頂きました。ところが、またもや、その手紙のある箇所に、強い違和感を覚えました。私信ですが、個人的なことではなく、九条を守る運動での話なのでお許しを頂けると思います。Aさんは、戦後七〇年、戦争に向かう根っこを断絶できるか、かなりのエネルギーがいるとのべて、「結局は選挙に行かなかった人々の無責任な行為のツケを、今、こうむっていると云う事か」と書いているのです。

本当にそう思っているのでしょうか。日本の政治状況が、今日只今のような有様になったのは、「五割の沈黙者」のセイなのでしょうか。これは「上から目線」どころか、社会運動者としてのみずからの責任の他への転嫁以外のなにものでもありません。小熊英二氏が辻元清美氏のある発言を紹介していましたが（「朝日」10・13付夕刊）、そこで辻元氏は、大意、「集会には行くけど、自分の住んでる町の商店街のおっちゃん、おばちゃんと話をしたことがあるか、ないんですね」と語っているのです。むろん、民衆と話すことのないみずからを自己批判しているのです。ここには、少なくともツケを他に押しつけない率直な自己批判があります。自己批判のない運動体は、弱体化するしかありません。そのことは『ほっととーく』もまた同じことです。

ところが、わたしの危惧に追い打ちをかけるように、ある一通の投書を読んで、わたしは愕然とせざるを得ませんでした。それは、「第9条の会・オーバー東京」が発行している『NO PASARAN!』（やつらを通すな）通信№5（9・10発行）にありました。わたしは、この会の中心メンバーであるWさんとも親しく、Aさんと同様、日夜奮闘している（活躍ではありません）ことに敬意を表しています。しかし、引揚げで苦労され、いまは八王子駅頭で、民主主義の危機を訴えてビラ配りをしている八〇歳のM・Tさん（女性）は、投書のおわりになんと書いているでしょうか。これも大意ですが、「米軍の事情で天から降ってきたような平和憲法で守られたことが理解できない民度の低い、思考停止族と一緒にすり鉢の底へ行きたくない」とあるのです。

ビラなどに関心を示さない、あるいは「五割の沈黙者」に対し、民度の低い思考停止族とは、よくも言えたものです。これは当然、Wさんも読まれているでしょう。高齢でビラ配りなどされていることに感銘を受けますが、このような傲慢な発言をみとめるわけにはいきません。わたしたちに問われるのは、他に責任をなすりつけることではなく、自己批判を恐れず、失敗を直視し、一人でも多くの人びとと連帯する道を歩むことではないでしょうか。

(2015・10・17)

無差別殺戮と無知について

いま、「イスラム国」(IS)が世界を震撼させています。なかでも、去る一一月一三日に起った「パリ同時多発テロ」は、多くの人に強い衝撃を与えました。死者は一九カ国一二九人、負傷者三五二人。さまざまな追悼が行われましたが、妻を亡くし幼い息子と残された、フランス人ジャーナリストのアントワーヌ・レリス氏がフェイスブック上で発表した文章は、国境を越えて深い共感を呼びました。わたしも、「君たちに私の憎しみという贈り物はあげない」と題された文章を新聞紙上で読みました。愛する妻を銃弾で失った悲哀と怒りの思いには、わたしも心打たれないわけにはいきませんでした。

しかし同時に、レリス氏の文章に、わたしは強い違和感も覚えました。彼は書いています。――「君たちは死んだ魂だ。君たちは、神の名において無差別な殺戮をした」。そして、「君たちの望み通りに怒りで応じることは、君たちと同じ無知に屈することになる」とも。つまり、ISの無差別な殺戮（差別した殺戮なら許されるのか）を非難し、彼等を〝無知〟と呼んでいるのです。

それならば問いたいのですが、英仏など欧州主要国も加わる米国主導の有志連合によるシリアへの空爆は、ISの軍事拠点のみの〝差別〟した空爆なのでしょうか。朝日新聞の一二月四日付の「空爆『まるで無差別』」という記事によると、ロシアも空爆に加わり、「民間人の犠牲者も多く出ており、空爆下の市民は恐怖におびえ」ているとのことです。そしてトルコに逃れて難民とならざるを得ない人（トルコには二二〇万人のシリア難民が身を寄せている）や、空爆が「軍事施設と民間施設を区別しているかは疑問だ」と語る人の証言もあります。

さらに、英国を拠点とする反体制派NGO「シリア人権監視団」によると、「9月30日以降のシリアでの空爆で、民間人485人を含む計1502人が死亡……民間人以外の内訳はIS戦闘員が419人、ヌスラ戦線や他の反体制派が598人。民間人には、女性四七人と一八歳未満の子どもも117人が含まれる」とのことです。果たしてこれだけの死者ですんでいるかどうか。有志連合の空爆は、一二月一日現在で実に八五〇〇回を越えており、ロシアは毎日一四〇回以上の空爆、艦船からの巡航ミサイル攻撃も行っています。まさに、無差別な殺戮ではないでしょうか。朝日川柳に、「空爆は虐殺と知る戦中派」（朝広三猫子、11・27付）とありましたが、日本敗戦の年の五月二五日、東京最後の米軍の大空襲を身をもって体験した者として、この一句は当時を想いおこさせずにはおきません。わたしの住んでいた小さな借家は、一瞬にして焼け落ち、隣近所で一〇人が即死。その夜だけで死者三二〇〇人。三月一〇日の東京下町の大空襲で十万人余が〝虐殺〟されたことは、よく知られています。

またレリス氏は、ISを〝無知〟と呼んでいる以上、そしてフランス人ですから、どうしてこのようなISが生まれたのかを十分承知しているはずです。詳しくのべることはできませんが、遠因は、第一次大戦後、シリアやイラクなどの国境線を、英仏が秘密協定で勝手に地図上で引いた（従って線がまっすぐです）ことにあり、近因は、いうまでもなく、二〇〇一年九月一一日の「米国多発テロ」後の米軍のイラク侵攻にあります。つまり欧米先進国によって、中東諸国はどれだけ軍事的・政治的にいじくりまわされてきたかということです。しかもフランスの人口一割ほど（約五〇〇万人）を占めるイスラム教徒への差別は、公の場でのスカーフ着用の禁止に象徴されるように厳しいものがあります。これらの歴史と現状について、もしレリス氏が真剣に取り組み問題としないとしたら、レリス氏も同様に〝無知〟だというほかないでしょう。

安倍首相などは、11・13の事件現場に花輪などを捧げて欧米におべんちゃら追従をする前に、これらの暴力の連鎖を断ちきる方途を先んじて提案する道をこそ、選ぶべきでしょう。

（2015・12・12）

「須坂のレイチェル・カーソン」

ある日、友人から一冊の本が送られてきました。坂田静子『聞いてください』。素朴な書名の二五〇頁ほどの小型の本ですが、傍題に「脱原発への道しるべ」とあり、表紙には「子どもたちのために。そして、まだ生まれていない未来の子どもたちのために」と印刷されています。また、帯には、加藤登紀子・広瀬隆両氏の推薦文があり、「……原発が建設されていくことへの必死の告発！　胸にしみる必読書」（加藤）、「……一主婦が、愛と勇気と英知で、挑んだ脱原発への祈り」（広瀬）と書かれていました。これらの言葉にひかれ読みはじめたのですが、わたしも深く心打たれ、脱原発をめざして、ひたすら歩みつづけたこのような「一主婦」が存在したことに、あらためて勇気を与えられた思いでした。

いま、「存在した」と書きましたが、坂田さんは、すでに一九九八年一〇月一九日、七四歳でこの世を去った方です。いわばこの本は、生前、坂田さんが「原発の怖さ」をなんとか知らせたいと、ガリ版刷りで作ったチラシ『聞いてください』（七七年五月二九日、第1号発行）を中心に、一冊にまとめたものです。もともとは、胆嚢癌の苦しい病床での、坂田さんの『聞いてください』を本にしたいという「最後の望み」を、ご家族の方々が、亡くなった翌年八月に私家版の形で実現していました。それから十年余、まさに坂田さんが予言していたとおり、二〇一一年「3・11」の福島第一原発の大事故。本書は、その年の六月、地元である長野の出版社オフィスエムから、坂田さんの次女・雅子さんと、編集者・村石保氏の手によって再刊されたのです。

坂田さんは、長野県須坂市在住で、七〇年の終わり頃までは、社会問題にほとんど無関心な「家事や家業の薬局のことしか考えない主婦」で、キリスト者でもありました。しかし、靖国問題やキリスト教団の戦争責任に突き当り、悩み自問自答をくり返す日々、合成洗剤の危険性にも気づきます。そんな折、イギリス人の男性と結婚し、英仏海峡のガンジー島に住んでいる長女の悠子さんから、第二子死産の悲報についで、対岸のフランスに原発の使用済み核燃料の再処理工場があって、海や牛乳が汚染されていることが知らされます。しかも、日本からの〝ゴミ〟を大量に引き受ける拡張工事が始まり、反対運動も激しくなっているとのこと。坂田さんは、宇井純・松岡信夫氏に相談、送られてきた多くの資料で、「〝原発＝核〟の恐ろしさ」を身をもって知ります。ここから『聞いてください』の発行がはじまります。そしてチェルノブイリ原発事故！（八六年四月）、坂田さんの決意は、ゆるぐことなく深まります。「恐れるな、語り続けよ、黙っているな。あなたにはわたしがついている」（『新約聖書』使徒行伝・18章9節）。

坂田さんは、『聞いてください』で、わたしたちに、実にたくさんの大事な言葉を語りかけています。ここではほんのわずかに耳傾けるほかありません。――「放射能廃棄物の……後始末を子孫に押し付けることは、とんでもない犯罪」「限りない物質的成長を望むのではなく、内面的な文化の成長を考える時」原発の「労働者を人柱にしてゆくような仕組みの上に、私たちは安閑としていていいのでしょうか」「日本人は遠からず一億総ヒバクシャ」「日本は原爆による核の被害国から、原発による核の加害国になろうとしています」「蟻だって集まれば巨象を倒す」「現在の政府の政策は、ちょうどあの太平洋戦争に突入して行った当時そっくり」「日本は世界でも最初に滅びる国になるかも知れません」――次女の雅子さんは、ベトナムに一兵士として駐留していたアメリカ人の夫を、枯葉剤の影響と思われる肝臓ガンで亡くしました。それをドキュメンタリー映画『花はどこへいった』（二〇〇六年）で描き、以後、「須坂のレイチェル・カーソン」と言われた母と、同じく「政治や環境問題を見つめ」つづけた夫の「声に耳をすまして」、『沈黙の春を生きて』（二〇一一年）と『わたしの、終わらない旅』（二〇一四年）という映画を、坂田雅子さんは制作したのです。このようにして精神はうけつがれたのです。

（2016・2・20）

ある裁判の判決への疑問

テレビ朝日で『科捜研の女』という番組があります。再放送などで時折見ることがあるのですが、沢口靖子と内藤剛志（ちょっと威張り過ぎ）のコンビと、二人を支える科捜研のメンバーたちとの息のあったドラマの展開にハラハラさせられます。しかし何よりも感心するのは、事件の真相を明らかにするため、上司の事なかれ主義に抵抗しつつ、それこそ、髪の毛一本、葉っぱ一枚に至るまでを証拠品として徹底的に科学的に調べ、みんなで真犯人をつきとめることです。時には、それによって、警察が安易に犯人ときめつけている事件がひっくり返り、冤罪が晴らされることもあります。ドラマが終わると、沢口靖子の爽やかな笑顔と共に、いつもホッと気持が慰められるのですが、ふと、裁判や警察にかかわる人間たちは、こういうドラマを果たして見ているのだろうかと思うことがあります。

せんだっての四月八日、一一年前に起きた栃木県今市市（現日光市）の小学一年生女児殺害事件の犯人として、勝又拓哉氏（33）に対し、宇都宮地裁で検察側の求刑どおり、無期懲役の判決が言い渡されましたが、わたしはただ啞然とせざるを得ませんでした。「またか」と言うほかありません。新聞やテレビでも、「乏しい客観的証拠」「自白を重視」という点を強調しています。主として取調べの録音・録画の映像から有罪と認定したといわれていますが、検察側に有利と思われる七時間ほどを法廷で公開したに過ぎず、実際はその十倍ぐらいがあるのではないかといわれています。弁護側が「全過程の可視化」を主張するゆえんです。

検察側のあげた証拠とはなんでしょうか。勝又氏の飼っていた猫の毛と、遺体に付着していた「獣毛」との「DNA型が同じ類型」だというのです。「獣毛」とか「類型」とはなんでしょう。また、遺体の首の傷は、勝又氏の所有するスタンガンによるものと「矛盾しない」とか、自宅と遺棄現場を車で往復した「Nシステム」の記録があるとかが、どうして証拠になるのでしょう。女児はナイフで多数回刺されて殺害されており、凶器や女児の遺留品も、勝又氏のDNA型などの証拠もないのです。近くに住んでいれば、現場近くを車で通ることはあたり前です。捜査当局の幹部ですらが、「異例」な証拠ともらしているほどです。「科捜研」の面々に、出動してもらったらどうでしょうか。

しかし何よりもまず、問題なのは、自白で犯人を仕立て上げようとする警察・検察のあり方です。そしてまたそれをつゆ疑いもせず判決をくだす裁判官の無能ぶりです。昨日（五月二日）、一九九五年に大阪で起きた小学六年生女児死亡火災で、無期懲役とされた母親の青木恵子さん（五二歳）の大阪地裁での再審初公判があったのですが、ついに、内縁の夫だった朴龍皓氏（五〇歳）と同じく、検察側は「有罪主張を撤回」したのです。これもまた、強圧的な取り調べによる自白調書をもとにした冤罪事件だったのです。弁護側は、検察に対し、「青木さんに謝罪することが冤罪を防ぐ第一歩」と訴え、裁判所には、「違法な取り調べを断罪し、誤った裁判を繰り返さないことを宣言するべきだ」と主張しました。当然です。お二人の苦難のこの一〇年を何と考えているのでしょうか。

二〇一四年三月二七日、袴田巌さんが、死刑判決を受けた獄中から、実に四八年を経て無罪釈放されたことは、大きく報道されました。この事件でもまた、想像を絶するひどい取調べによる自白のデッチ上げが明るみに出ました。しかも驚くべきことに、袴田さんを犯人に仕立てるために、警察は殺人現場に証拠物件なるものを捏造までしていたのですからあきれるほかありません。いまなお再審の道を開こうとしない狭山事件の石川一雄さんの場合も同様です。いや、遡れば、どれだけの冤罪事件があることか、枚挙にいとまがありません。栃木の女児殺害事件は六人の裁判員裁判でしたが、彼等は、証拠が明らかでない限り、無罪を原則とすることを心に叩きこんで欲しいと思います。判決後、勝又氏は、弁護団に向かって、「法廷で真実を述べているのに、どうしてこんな納得できない判決がでてしまうのかわからない」と、語ったといいます。

（2016・5・5）

辞職劇と、ある悲哀と

舛添要一東京都知事が六月二一日、辞職に追い込まれるまでのほぼ二カ月、各局テレビで放映された都議会での公私混同追及劇は、へたなテレビ・ドラマなどより遥かに見応えがありました。最近、これほどテレビに時間をさいたことはありません。新聞や週刊誌とは違って、都議の質問に答える舛添氏の表情や仕草、なんとか追及を逃れようとする応答のくりかえしを、テレビの画像でじかに見ることができたのです。あらためて、マス・コミの重要さを確認せざるを得ませんでした。

しかし、これらの報道を、メディアの「サディスティックなお祭り騒ぎ」と断じ、「嫌悪感」をあらわに批判した方がいます。いまを時めく知識人・内田樹氏です（『ＡＥＲＡ』六月二七日号、巻頭コラム）。内田氏は、ある週刊誌から「舛添問題についてのコメント」の電話取材を求められたが「このような『せこい』ニュース」にはかかわらず、もっと「死活的に重要な出来事」を報道するべきで、家族連れの温泉旅行やマンガ本の購入など、明らかな公私混同を謝罪するのは当然、しかしそれが都知事辞任の理由にはならない、「別の次元の問題」というのです。そして、甘利明前大臣や小渕優子議員の事件は「不問に付され」ている例をあげ、「恥ずべき公私混同ではあるが、違法性を咎めて検察が動いた事案ではない」とのべ、舛添氏に「十字砲火を浴びせた」メディアの「非論理性と非倫理性」を批判しているのです。

果たしてそうでしょうか。公私混同について何ひとつ明らかにせず、またひとことの挨拶もせず、八人の見送りで都庁を出て行った舛添氏の代弁としか思えない発言です。公私混同は、謝罪すればいいのでしょうか。たとえば、社長が会社の金で家族旅行をしたり、趣味の絵画や本を買い漁ったりすることが許されるのでしょうか。いや、舛添氏の場合は、個人の会社の金ではなく、都民の税金なのです。公金詐取ではないですか。それればかりではありません。二年余の在任中の九回の海外視察(?・)旅行で、スイートルームに宿泊するなど、なんと二億五千万円もの税金を湯水のごとく使っているのです。それらに対し何万もの都民の抗議の声が電話などで都庁に殺到したのも当然です。それらの声を基盤にしたメディアの「お祭り騒ぎ」「十字砲火」と、沈黙の遁走劇を演じた舛添氏と、一体、どちらが非論理的で非倫理的でしょうか。

まだこの遁走劇の幕はおりていません。それを追いかけるように、舛添氏を批判してきた都議会議員二七人のリオ五輪・パラリンピックの視察経費が、なんと六二〇〇万、いや一億円前後になるという問題が浮上してきたのです。共産党・生活者ネット・かがやけは辞退。ある人に言わせれば、大会終了後、関係者が二、三人視察に行けば事足りるのではないかとのこと。都民の批判を恐れて、どこまで自粛するかどうか(追記——二四日、中止が決定。それほどムダな計画でした)。ところで、舛添氏の退職金は、二二〇〇万円、そのほか今年度分の給与八五〇〇万円(内訳は三カ月の給料と六月のボーナス約三八〇〇万円)とのことです。売却すると公言した湯河原の別荘もあるし、名誉は地に落ちたとはいえ、老後は安泰というわけです。

舛添氏が疑問や疑惑を山ほど残して都庁を後にした翌日の新聞（「朝日」6・21付）の社会面は、その記事でほとんど埋められていましたが、そのために隅に追いやられたかのような、親子三人の利根川入水心中事件の初公判の記事が、私の胸を撃たずにはおきませんでした。長い間認知症をわずらっている母、新聞配達をしていたが病気で動けなくなった父。その父から、母だけ残すわけにはいかないから、「一緒に死んでくれるか」と心中をもちかけられた娘の波方敦子さん（47）が、生活保護調査での「惨めな」思いも重なり、両親を車にのせて利根川に車で入ったのです。しかし彼女は生き残り、両親は死亡。「一人生き残って申し訳ない」と、彼女は法廷で語ったといいます。誰が彼女を責めることができるでしょうか。この原稿を書いている二三日夜、テレビで彼女への判決が報じられました。懲役四年。こころの中を流れる悲哀を、わたしは一人、じっと堪えるほかありませんでした。

（2016・6・25）

戦没者を悼むとは何か

去る八月一五日は、七一回目の敗戦記念日でしたが、当日開かれた政府主導の全国戦没者追悼式には、いつものこととはいえ、空しい思いがつのるばかりでした。安倍晋三首相の式辞には、天皇ですらが表明した「深い反省」の言葉もなく、むろん、彼以前の首相たちが言及した「アジア諸国民への哀悼」などどこ吹く風、例によって例のごとき、心なき常套句が並べられているだけでした。これは、二千万とも三千万ともいわれる、かつての日本帝国主義の侵略戦争で死んだアジア諸国の人びとへの侮辱であるのみならず、三一〇万の日本の戦没者たちへの侮辱でもあります。いつまで、わたしたちはそれらの侮辱に堪えていなければならないのでしょうか。

ドイツ敗戦四十周年の一九八五年五月八日、西ドイツ（当時）のヴァイツゼッカー大統領が行った演説は、余りにも有名で、わたしもこれまでに何回かふれたことがあります。大統領は、ドイツにとっての敗戦の日（終戦ではありません）を「心に刻む日」といい、「これを誠実かつ純粋に思い浮かべること」の必要を説き、「過去に目を閉ざす者は結局現在にも」目を閉ざすことになると強調します。安倍首相の演説や彼に追従する政治家たちの発言などとの精神のちがい、人間としての在り方のちがいをまざまざと見る思いです。ヴァイツゼッカー大統領は、どちらかといえば保守的な政治家といわれている人です。コピペばかりをロボットのように読み上げる安倍首相よ、自分が悲しくないですか。

さらに、わたしがこの演説で、深く心打たれたのは、戦争への死者たちへの追悼の仕方です。大統領はまず、「ドイツの強制収容所で命を奪われた六百万のユダヤ人を思い浮かべます」と語り出すのです。言うまでもなく、アウシュヴィッツなどでのユダヤ人大虐殺です。そして次には、「ソ連・ポーランドの無数の死者を思い浮かべ」るのです。ソ連（当時）はまだ共産主義国で、大統領とは政治的立場では相反する国でしたが、ドイツの電撃作戦で二千万ともいわれる死者を出したのです。そしてその次にはじめて、大統領は、自国ドイツ人の、戦争で斃れた人びと、空襲などで命を失った人びとを

「哀しみのうちに思い浮かべ」るのです。他国の死者をまず悼み、そして自国の死者に及ぶのです。日本となんという違いでしょうか。

このあと、大統領は、ヒトラー政権下、虐殺された人びとを次つぎと「思い浮かべ、敬意を表」するのです。すなわちシィンティ、ロマ（ジプシー）、同性愛者、精神病者、異なる宗教・政治関係者、そしてドイツ占領下人質として銃殺された人びと、レジスタンスの犠牲者たちに敬意を捧げるのです（ヴァイツゼッカー『荒れ野の40年』永井清彦訳、岩波ブックレットより）。もし日本に、ヴァイツゼッカー大統領のような政治家がいて、中国・朝鮮をはじめ東南アジア諸国への植民地支配・侵略戦争による犠牲者たちに、内外にむけて〝ひとこと〟でも心から謝罪していたら、日本の戦後の様相は、まだマシだったかも知れません。ポーランドを訪ねたブラント元西ドイツ首相が、ゲットーの前で言葉もなく膝を折り、泣いて謝罪したことも深い感動を呼びました。アジア諸国至るところに、日本人が謝罪すべき歴史的刻印があることを、政治家たる者はよくよく「心に刻む」必要があるでしょう。

ところで、天皇夫妻が、国内のみならず国外にも足をのばし、戦没者の慰霊をしていることが評価されたりしています。今年の一月にもフィリピンを訪問し、一応は「貴国の多くの人の命が失われたことを日本人として忘れてはならない」といった発言をしていますが、民間人の多くを含む五〇万から一〇〇万にも及ぶフィリピン人が日本人に殺されたことを知っているのでしょうか。また日本兵の多くが、戦闘でというより餓死で死んだことを知っているのでしょうか。すべてがきちんと準備され、隠蔽され、いったい何がわかるというのでしょうか。ついでながら、いまなお「天皇陛下」の呼称が、そして皇族一家に対する敬語がマスコミで横行しています。いつになったら、戦争中と同じ天皇制の呪縛から解放されるのでしょうか。

（2016・8・28）

政治家のお金の集め方・使い方

年末の一一月から一二月にかけては、政治家の政治資金集めのパーティがたけなわの由、秋山訓子編集委員が朝日新聞の「ザ・コラム」欄で書いています（12・22付）。それは、自民党の森山裕氏と民進党の長妻昭氏の二人の衆院議員が、パーティをしない理由について書いた文章ですが、これはほとんど稀な〝美談〟というほかありません。夕方のパーティの会費は二万円が相場、一晩で数千万円、年に数回のパーティで一億円ほどの資金を稼ぎ出す政治家もいるということです。

そういえば、しばらく前に、昨年度の国会議員による政治資金集めのベスト二〇人の一覧表がありました（「朝日」12・2付）。それによると、自民党の国会議員が一七人を占め、他党を遙かに引き離しています。一位は、比例九州選出の穴見陽一氏。ファミリーレストランの代表取締役相談役を務めているとのことで、実に二億一八七万円。二位は、かつて内閣府特命担当大臣時代、まさに献金問題で疑惑が浮上、ウヤムヤのうちになんとか一命をとりとめた甘利明氏で、一億九一八〇万円とあります。

以下、目立った代表的な人物を何人か上げれば、五位が麻生太郎副総理兼財務相で一億四七三五万円。六位が安倍晋三首相で一億四五二四万円。一三位が高村正彦副総理で一億二三〇八万円。なんと、稲田朋美防衛相が、女性一人孤軍奮闘、残念ながら二〇位以内にランクされなかった岸田文雄外相（一億六一五万円）を抜いて一億二二二四万円で一四位（彼女は現在、三億円の豪邸を建築中とのこと）。ところで、自民党外では、民進党の岡田克也氏が一二位で一億二三二八万円、松木謙公氏が一五位で一億二一一〇万円、日本維新の会の下地幹郎氏が一八位で一億一九八五万円とあります。冒頭の秋山氏は書いています。付き合いもあり秘書の人件費もかかるが、「政治家のお金の使い方は、その人の生き方や姿勢、時代も反映する」と。ある閣僚は、二〇一四、一五年で、飲食代に三八〇〇万円以上も使っているという調査もあるとも。なんと、一日に五万円以上も呑み食いしているのです。

ところで、「朝日」の朝刊に〝首相動静〟という小さな欄があって、安倍首相がその日一日、何時にどこで誰と会ったか、どんな会議・会合に出席したか、どこに出かけたか、どこで寝たかなどをメモした記事です。さすが首相だけあって、時には分刻みでスケジュールをこなしている時もあります。しかしそれらのいちいちにはつきあっておれませんので、一日のおわりに、どこで、誰と呑み食いしたかを、この十数日にわたって拾ってみたいと思います。

12月5日（月）7時9分、東京・銀座のステーキ店「銀座ひらやま」。高村副総裁ほか自民党議員らと食事。9時59分、東京・富ヶ谷の自宅。6日（火）7時21分、東京・元麻布の日本料理店「東郷」で毎日新聞社会長・社長らと食事。10時26分、自宅。7日（水）7時18分、東京・雷門の鳥料理店「鷹匠寿」で、茂木敏充自民党政調会長（この人は、さきの政治資金収入ランクで、第三位、一億八九八八万円を集めた）と食事。10時18分、自宅。８日（木）６時52分、東京・赤坂のふぐ料理店「い津み」で、山本参院予算委員長、吉田参院幹事長と食事。９時３分、自宅。10日（土）福島視察。０時41分、川俣町の日本料理店「吟哉」で昼食。５時13分、自宅。12日（月）６時34分、公邸。首相主催の「女性が輝く社会に向けた国際シンポジウム」メインゲストとの夕食会。13日（火）６時41分、東京・赤坂のホテル「ザ・リッツ・カールトン東京」のフランス料理店「アジュール　フォーティファイブ」で、公明党の太田前代表らと食事。９時15分、自宅。

かくして、一四日（水）の〝カジノ法案〟の夜を徹しての強行採決から、一五日（木）の山口県長門市の旅館「大谷山荘」でのプーチン大統領との首脳会談、９時34分のワーキングディナーにつづきます。以後も、毎晩のように、高級料理店での〝食事〟が記録されていますが、もはやうんざりして書く気がしません。こうやって日本の政治は動いているのでしょうか、どうでしょうか。

（２０１６・12・24）

トランプ劇場は茶番劇か

トランプ劇場が、日々、世界を震撼させるドラマを演じています。記憶の底から、古い箴言が蘇ります。「歴史は必ず繰り返す。最初は悲劇として、二度目は茶番劇として」（マルクス）。かつて、ヒトラーや日本天皇は、全世界で第二次世界大戦という壮大な悲劇を演出しましたが、以来、七十年余、トランプ劇場は、果たして茶番劇を演じているのでしょうか。茶番を辞書などでみると、「ばからしい、底の見えすいた物事」などとあり、茶番師には、「人をだます名人」ともあります。トランプ大統領は、茶番師なのでしょうか。

そういえば、トランプ氏は、ツイッターを公式の政治の場でもさかんに駆使して有名です。わたしは、スマホやパソコンなど一切持ちあわせていませんので、ツイッターなど見たことはありませんが、昨今、ツイッターでの中傷やだましの激増が問題視されています。ついでに、普通「ささやき」と言われているツイッターを辞書で引くと、「(鳥が) さえずる」「べちゃくちゃ喋る」、方言では「わなわな震える」などとあります。では、トランプ氏は、世界中を股に掛けて、べちゃくちゃ、喋りまくって、人びとをだましているだけなのでしょうか。

さすが、一度目の悲劇を経験として学んだ世界の国のトップや民衆たちからは、トランプ劇場の舞台に対し、一斉にブーイングが湧き起っています。特に、トランプ氏が中東・アフリカの七カ国（シリア、イラク、イラン、リビア、ソマリア、スーダン、イエメン）の国民や難民の入国を一時禁止する大統領令（一月二七日）を出してからは、ブーイングは烈しさを増しました。それは、自国、つまりトランプ劇場の俳優をはじめ舞台の裏・表のスタッフも例外ではありません。つまり、トランプ氏は、飼犬にも手を噛まれはじめたのです。

ブーイングの事例を、アト・ランダムに、順不同、新聞などから拾い出してみると――。

サンダース上院議員「我々は巨大な問題に直面している。妄想を抱く大統領がいることだ」。ニューヨークやカリフォルニアなど一五州と首都ワシントンの司法長官は、二九日、（入国禁止の）大統領令を「違憲で違法」と非難する連名の声明を発表。米司法省のサリー・イエイツ司法長官代理は、三〇日夜、「司法省は大統領を弁護しない」と表明。即日、クビになる。トランプ大統領就任で最初に会見したメイ英首相は、帰国後、米大統領の入国制限に対し「同意しない」と声明を発表。トランプ大統領の訪英に反対し、「女王に恥をかかせるな」という一六〇万の署名。カナダのトルドー首相、ドイツのメルケル首相、フランスのオランド大統領なども揃って反対声明。無論、ニューヨーク・タイムズ他のメディアも批判、全米各地や世界の各地で民衆の反対のデモ、アップルなどＩＴ企業各社も「移民なしに成り立たない」と、懸念を表明、などなど。

ところで、肝心の日本の政府その他の対応はどうでしょうか。まさに、主人・米国と、奴隷・日本といった構図そのものといえるのではないでしょうか。トランプ氏が大統領に決定の幕が下りるや、いち早く、舞台下に駆けつけて祝福の花束をさし出したのは、他ならぬ安倍晋三首相でした。そして大統領となったトランプ氏が、ＴＰＰ離脱の大統領令を発するや、あれほど固執していたＴＰＰからあっさり二国間の経済協定に鞍替えする有様。基地負担の増額を示唆されるや、日米同盟と防衛力の強化を図るとゴマを摺り、難民問題には「コメントする立場にない」と、奴隷らしく引きさがる。さて二月三日には、〝狂犬〟とも呼ばれるマティス国防長官が来日、一〇日には日米首脳会談で、安倍首相が訪米、〝真剣勝負〟にのぞむとのことですが、主人と奴隷では勝負にならないことは、火を見るよりも明らかではないでしょうか。

それとも、安倍首相は、日・米・イスラエル三国同盟でも結ぼうというのでしょうか。かつての幻と消えた日独伊三国同盟のように。トランプ氏が、日本から米軍基地を撤収するというなら、そうしてもらえばいいのです。基地がなければ、誰が攻撃してきますか。基地負担額七二五〇億円を世界平和のために役立てましょう、そのくらいのことを提案する勇気をもって会談するのを〝真剣勝負〟というのです。むろん、あり得ないことですが……。果たして、トランプ劇場は茶番劇で終わるか、どうか。

（２０１７・２・４）

「事実は小説よりも奇なり」

前回は、世界中に吹き荒れた、そして今もなお止むことのないトランプ劇場旋風について触れましたが、今回は引きつづき、わが国内を襲っている籠池ドラマ劇場に言及しないわけにはいきません。去る三月二三日、主役の一人である森友学園の籠池泰典氏に対し、衆参両院の予算委員会での証人喚問が開かれ、その一部始終がテレビで中継されましたが、午前一〇時から夕方六時まで、わたしは、テレビの画面に釘づけになったといってもいいほどでした。まさに、籠池氏が言うとおり、「事実は小説よりも奇なり」、下手なテレビ・ドラマなどよりも遙かに劇的で、興味つきないものでした。その頂点は、なんと言っても、籠池氏が安倍昭恵夫人から一〇〇万円の寄付金を貰ったと証言するシーンです。

そのシーンは、主役の言よろしく、細部にまで実に明晰に語られています。昭恵夫人から差し出された封筒を「少し上から拝見」すると、「金子《きんす》」が入っていたので、「いいんでしょうか」と聞くと、昭恵夫人が「安倍晋三からです」と、おっしゃったので頂き、土曜日だったので一〇〇万円を金庫に入れ、月曜日に郵便局に振りこんだというのです（のちに、安倍晋三の文字をテープで消した振替用紙が見つかっています）。そして講演の帰りに、あらかじめ用意した一〇万円を封筒に入れ「感謝」と書き、お菓子の袋に入れてお持ち帰り頂いたと証言したのです。しかも昭恵夫人と籠池夫人との頻繁なメールのやりとりも明らかになりました(これものちに公表されます)。ありありと眼に浮かぶような見事な表現です。

むろん、わたしは、籠池氏の思想に真っ向から反対するものです。教育勅語を幼児たちに暗誦させたり、排外主義的な言葉を言わせたり、全く戦争中の右翼的な軍人とみまがうような言辞を弄する籠池氏には、日頃、うんざりさせられていました。しかし、昭恵夫人からの一〇〇万円についての証言は、余程の覚悟があってのことではないでしょうか。「安倍晋三記念小学校」の名称を頼んだり、一時期、昭恵夫人を名誉校長に担ぎ上げたり、幼児たちに安倍首相への感謝を唱和させたりと、籠池氏の安倍晋三・昭恵夫妻に対する〝敬慕〟の念には、並々ならぬものがあったからです。異常としかいいようのない思い入れです。それが一転、反旗を翻したのです。しかも、偽証罪に問われるような場においてです。「わたしが申し上げていることが正しい」と、籠池氏は断固として明言しました。

小学校設立を応援しながら、「はしご」を外したと感じる政治家は誰かという質問に対して、二度にわたって、籠池氏は松井一郎大阪府知事と答えました。内心では、松井知事に加えて安倍晋三・昭恵夫妻とも言いたかったのではないでしょうか。いまや、自民・公明与党は、安倍夫妻の一〇〇万円寄付を、偽証としてもみ消すことに躍起となっています。安倍首相も演技よろしく、これが本当なら、首相もやめる、議員もやめると大見得をきり、観客を沸かせました。昭恵夫人は籠池夫人へのメールで、しきりに「記憶にありません」とくり返し、ひたすら「祈ります」などと、わけのわからぬ呪文を唱えています。「記憶にない」は、先日の都議会百条委員会での石原慎太郎元都知事の例に俟つまでもなく、与党政治家の得意とするところです。籠池氏と昭恵夫人との、密室での二人だけのやりとりだから、「記憶にない」でやり通せると思っているのでしょう。

昭恵夫人が本当に一〇〇万円届けていないのなら、堂々と、しかるべき場所に出て証言すべきでしょう。昭恵夫人もまた、籠池ドラマ劇場の一方の主役です。主役と主役が対決することによって、ドラマは大団円を迎えるはずです。しかし、安倍首相にべったりへばりついて伝声管の役割を務める傍役・菅義偉官房長官をはじめ、みずからも火の粉をかぶっている稲田朋美防衛大臣、その他大勢の自民・公明与党の大根役者たちが、安倍政権を守り抜くために、あらゆる手段を講じて幕引きを計ることは明らかです。たとえ、籠池氏にさまざまな誤まりがあろうとも、安倍夫妻からの一〇〇万円の寄付の証言を、フイにしてはならないと、わたしは強く思います。それが、籠池ドラマ劇場の重要な主題だからです。

（２０１７・４・１）

巨大な忖度の塊

前回でふれた籠池ドラマ劇場は、一方の主役であった安倍昭恵夫人が舞台を降板させられたため、ウヤムヤのまま、籠池泰典氏のみが告訴されたりしていますが、その延長線上で、加計ドラマ劇場が開幕、いまや、観客の一人として関心・興味、これに尽きるものはありません。特に前文部科学事務次官の前川喜平氏が登場してからは、加計学園獣医学部新設計画の筋書きが一層生彩を放ちはじめました。

今日（六月一日）の「朝日」（1面トップ記事）によれば、かつて加計学園理事で内閣官房参与だった木曽功氏から、前川氏は「獣医学部の件でよろしくと言われた」と証言し、木曽氏はそれを認め、「総理が指示したとは聞いていない」が、一連の動きは関係府省による「巨大な忖度の塊だと思う」と、取材に答えています。

わたしはこれまでに、忖度という言葉を口にしたこともなく、書いたこともありませんが、加計学園をめぐる忖度の頻出には驚くほかありません。広辞苑などをみると「他人の心中をおしはかること。推察」とあり、必ずしも悪い意味ではありません。しかし、不幸があった遺族に対し、「お気持ちを忖度します」とは言わないように、ある権威（上司など）の心中を慮って、言いたいことも言わずに黙って従うという意味が強いように思います。安倍晋三首相は言うでしょう。「わたしは一回だって、森友学園とか加計学園など口にしたこともなく、やあ、宜しく、と言っただけ。そのあとは阿吽の呼吸で、周囲が勝手に忖度してくれたのさ」と。籠池ドラマ劇場のキーワードは、なんと言っても、籠池氏が昭恵夫人から頂いたと証言した「一〇〇万円」であり、加計ドラマ劇場のそれは、「忖度」といえるでしょう。

それにしても、失言を繰り返す大臣の面々ともども、なんともお粗末な安倍政権のありようです。それを先頭に立ってもみ消しに奮闘しているのが、大番頭の菅義偉官房長官で、その活躍には涙ぐましいものがあります。五月二七日付「朝日」の社説・声欄にのった針すなお氏の政治漫画は、この間の文書や証言は「本物」と鑑定して燃え上がっている前川氏に対し「菅消防長官」が「違う！怪文書だ」と叫んで、消火器で火を消そうとしています。この「消防長官」は、事もあろうに、前川氏が出会い系バーに出入りしていたこと（前川氏はこれを認め、調査していたと証言。これを同じく忖度仲間の「読売」が、トップ記事で中傷報道。新聞ジャーナリズムとしての恥をさらした）を、にやにやしながら、あたかも首をとったかのようにテレビで広報する姿には、哀れをもよおしました。「朝日」の同じページの「朝日川柳」（山丘春朗選）から――「大本営発表以外は怪文書」（清水康寛）、「番頭はやめた手代を悪く言い」手代はむろん前川氏（石川彰）、「政官の測ってみたや面《つら》の皮」（今本正人）、「この間に辺野古着々埋め立てる」（池田功）など。見る人は見ているのです。

川柳といえば、政治・社会悪を、いささかも忖度することなく痛撃していて爽快です。「無断転載を禁止します」とありますが、ひきつづき森友・加計についての「朝日川柳」（西木空人選）のいくつかを引用させていただくと――

「モリトモを桜で茶化《ちゃか》す安倍総理」（後藤克好）「夫婦して『李下《りか》に冠』理解せず」（佐藤吉男）4・18付、「詳細は御用新聞読めと言い」（下道信雄）5・10付、「インタビュー妻も頼むか読売に」（張本雅文）5・16付、「口上を煎じて飲ませたい官邸」（片岡邦雄）6・1付。「口上」とは、前日、大関に昇進した高安関の「正々堂々、精進します」を指す。口上と一緒に、爪の垢を煎じたらいかがなものか。「記録ない確認できない記憶ない」（西村健児）「三本の矢　参与補佐官内閣府」（林明倫）6・2付、「総理お助け隊」と選者のメモがあります。

いま、安倍一党独裁政権を倒すことこそが重要課題ではないでしょうか。「巨大な忖度の塊」を叩きこわすこと。それが、憲法「改悪」を阻止し、共謀罪を廃案にし、辺野古の埋め立てを中止させ、原発を廃棄し、二度と戦争への道を歩ませない道であることは明らかです。魯迅は、今から九〇年ほど前、人を咬む犬は「まず水のなかへ打ち落とし、さらに追いかけて打つべきである」（竹内好訳）といいました。安倍政権を、何よりもまず、水のなかに打ち落とすことです。あとは、それから先のことです。

（2017・6・4）

幕は下ろさせない

「モリカケの記事を絶やすな忘れるな」（中野良一）。前回につづき、「朝日川柳」（西木空人選、8・22付）からの引用です。わたしは決して忘れません。徹底的に真相を追及し、安倍晋三・昭恵夫妻と、その親衛隊の面々の陰謀を白日の下に晒さねばなりません。それにしても、漫才師の西川のりお氏の発言（「朝日」8・10付）には感心しました。

西川氏は、「籠池泰典容疑者」は「典型的な弱い人間」で、強い立場にある「有名政治家や首相の妻」と知り合いになることを求めたが、結果は、「補助金の不正受給」などで「一方的に悪人に仕立て上げられ」、「本当に強い人間の恐ろしさを、まざまざと見せ」つけられたといいます。まさにそのとおりです。そして、「籠池容疑者」は、結果として「安倍政権の支持率低下のきっかけを作」り、かくして「『安倍一強』の硬い岩盤に風穴を開け」る「ドラマが始まった」、彼は「ある意味、功労者やないか」とまで西川氏はいっています。政治評論家などのありきたりの論評などより、見事に本質を衝いた発言ではないでしょうか。このドラマに簡単に幕を下ろさせるわけにはいきません。

にも拘らず「強い人間」たちは、米韓と北朝鮮との不穏な緊張状態をいいことに、逃げきりを着々とすすめています。かつて、昭恵夫人付の谷秘書の音信が、パッタリ跡絶えたと思っていたら、なんとイタリア大使館一等書記官に栄転したとのこと。彼女こそ、昭恵夫人が籠池氏に、「主人からです」といって一〇〇万円を渡したイキサツや、現場を知る人ではないでしょうか。またもや「朝日川柳」ですが、「文春もイタリアまでは来ぬと見て」（伊谷剛、8・16付）。さらに翌日の「かたえくぼ」では、〝逃げ道〟と題して、「ローマに通ず――日本国政府」（百言居士）とありました。これがまぎれもなく、日本国政府のやっていることです。

一方、知らぬ存ぜぬ忘れたで答弁を押し通した、安倍親衛隊の一人、財務省の佐川宣寿・前理財局長は、その功績で国税庁長官の椅子を射とめましたが、なにか後ろ暗い思いがあるのか、長官就任の挨拶もヌキ。そこに、森友学園への国有地売却をめぐり、財務省近畿財務局から交渉過程で支払い可能額を確認されたことが、複数の学園関係者の証言で明るみにでました。とすると、三月の国会でそれらをすべて否定していた佐川氏は、虚偽答弁をしていたことになります。今日（8・24）の同じく「朝日」の山田紳氏の政治風刺画も傑作です。大きな長官の椅子に背からよじのぼる佐川長官の必死な顔が描かれ、椅子の下では、「国税庁」「八億円」「森友」と書かれた紙きれが燃えています。そして、「私は『破棄』『破棄』答えて長官にしてもらい会見もすっぽかしたけど、国民はきちんと申告せんとあかんよ！」と、佐川長官の発言があります。そして下に小さい活字で、「佐川長官、隠蔽の証拠が出てますけど、長官、長官、長官ー！」見事というほかありません。

同じ紙面の「声」欄は、「諦めず疑惑解明求め続けよう」という投書（井上理博）が掲載されています。森友学園、加計学園、「日報隠し」の稲田朋美・元防衛相への疑惑、国税庁長官やイタリア大使館一等書記官などの「論功行賞」を批判、「憲法に基づき求められている臨時国会を直ちに開くしかない。野党もメディアも、諦めずに要求を続けるべきだ」と結んでいます。「社説」もまた、投書氏に応じるかのように、自民・公明両党の幹事長らが臨時国会を九月末に先延ばししたのは憲法違反、それは、一連の「疑惑追及の機会を遅らせ、国民の怒りが鎮まるのを待っているようにしか見えない」と断じています。安倍首相の「真摯に説明責任を果たす」とか、「謙虚に、丁寧に、国民の負託に応える」などという誓言は、一体どこに雲散霧消したのでしょうか。

どんな手を使ってでも、憲法を改悪するまでは生き延びようと計る安倍政権を、なんとしてでも瓦解させなければなりません。籠池氏は、「トカゲのシッポ切り」とつぶやいたことがありますが、彼だけを罪人に仕立てるわけにはいきません。狡猾に生き延びて地位にしがみついている悪党がまだウヨウヨいるのです。

（2017・8・27）

人権が言論に優先する

日本軍「慰安婦」問題に取組んだ朴裕河『帝国の慰安婦』（二〇一三年、日本語版は朝日新聞出版刊・一四年）に対し、韓国のナヌムの家の九人の女性が、朴氏を名誉棄損で告訴・勝訴（14・6～16・1）し、朴氏にソウル東部地裁は、当該箇所の削除と賠償金を命じ、同検察庁が朴氏を在宅起訴したことは、記憶に新しいことです。それに対し、日本のマスメディアは、「朝日」から「産経」に至るすべてが、一斉に判決は不当、公権力による言論の自由への弾圧と批判の論調を展開。しかもさらに、日米の学者・作家・ジャーナリストなど五四人（のち一一人追加）が、朴氏の起訴と、公権力による学問や自由への言論封殺に反対し、「抗議声明」を発表しました（15・11・26）。韓国の学者ら一九一人も起訴に反対の声明を出しました。

さて、果たしてどうでしょうか。

わたしは、朴氏の著書を一読、ナヌムの家の九人の告訴こそが正しく、判決は正当であると思いました。日米の「抗議声明」には、大江健三郎氏をはじめ、上野千鶴子・小森陽一・島田雅彦・高橋源一郎氏など、リベラルといわれる名だたる方がたが名を連ねていましたが、その中に十数年来の知人の文学研究者の名前があったので、三月末、言論ウンヌンの前に、日本軍「慰安婦」に対する名誉棄損・人権侵害が優先する、抗議はお門違いではないかと、急いで葉書を彼女に送ったのでした。しかし応答はなく、ようやく先月の半ば過ぎ、半年を経て手紙が届きました。

しかしそれは、徹頭徹尾、友人である朴氏の立場を擁護し、「抗議声明」を正当化するものでした。失望しないわけにはいきませんでした。

いまここで詳細を書く紙幅はありませんので、重要な一点にのみ問題をしぼります。朴氏は、古山高麗雄氏が小説の中で、「慰安婦」は日本軍と「同志的」であったという箇所をとりあげ、彼女たちを日本の侵略戦争の一翼をになった「協力者」であるかのように仕立て上げたのです。わたしに返事をくれた彼女も、「同志的関係はあり得る」と書いてきました。文学を研究しながら、なんという想像力の欠如でしょうか。「慰安婦」たちが、生きのびるために、日本軍の言いなりにならなければならなかった現実を、チラリとも想像できないのか。むろん、苛酷な皇民化政策によって、多くの朝鮮人が「同化」させられました。だから朝鮮人も「同罪」だとでもいうのでしょうか。これ以上、多くの生命を落とした、また辛うじて生き残った日本軍「慰安婦」を侮辱しないで欲しい。

手紙をくれた文学研究者は、『帝国の慰安婦』は「国家権力の犠牲」と書いてきましたが、わたしは、この裁判は、珍しい〝国家権力〟による名判決と思います。裁判のどれもこれもが悪いわけではない。日本でも、古くは「松川事件の無罪判決」、近くは「袴田巖氏の再審決定」、案件はちがいますが、ともに〝生命・人権〟が救済されました。原発や基地容認・死刑判決など、いまだ人権後進国の日本での裁判の多くはダメですが、数少ない名判決もあります。それにしても、かつての植民地支配の歴史を、軽減あわよくば抹殺しようとする政府・安倍政権にとって、「慰安婦」と日本軍の「同志」説は、どんなに有難かったでしょう。

そして日本からの「抗議声明」は、さらなる追い風になりました。そんなヒマがあるなら、いまや国家権力ムキ出しで強行する沖縄高江・辺野古での米軍基地建設に対し、学者・作家・ジャーナリストの〝誇り〟をかけて、一致団結し、即時中止の抗議声明を広く訴えたらどうか。

（2016・12・20）

III

自衛隊の〝国防軍〟化を嗤う——桐生悠々

いまから丁度八〇年前の一九三三（昭和八）年八月一一日、信濃毎日新聞に一篇の「社説」が掲載された。題して「関東防空大演習を嗤ふ」、筆者は論説記者・桐生悠々である。戦争に直接経験のない方々には理解し難いかも知れないが、当時、空襲を想定しての防空演習が東京を中心に大々的に行われていたのである。つまり来襲する敵機をどのように迎え撃つか、爆弾投下に対してどう対処するかの訓練である。以来、防空演習は日本全土で日常茶飯化するのだが、事もあろうに、悠々は、天皇の〝御沙汰〟＝指示を得ての大演習を〝嗤ふ〟と書いたのである。〝嗤ふ〟とは、ただ笑うだけではない。〝あざけり笑う〟〝さげすみ笑う〟ことである。わたしに言わせれば、せせら笑ったのである。

悠々はその論説で、空襲で迎え撃つ敵機をすべて射落とすことは不可能だから、木造家屋の多い東京は一挙に焦土と化し、「阿鼻叫喚の一大修羅場」を演ずるだろうと想像し、ゆえに、敵機を領土に入れる限り、防空演習などは「何等の役にも立たない」し、「滑稽」と断じてせせら笑ったのである。むろん、政府や軍関係が黙っているわけがない。信毎と悠々は激烈な攻撃にさらされ、悠々は謝罪・退職せざるを得なくなる。以後、悠々は名古屋郊外にひきこもったが、自由な批判的論調は衰えをみせず、度重なる検閲での削除、発行停止、そして病気に見舞われつつ、個人雑誌『他山の石』を貧乏世帯を抱えて発行しつづけ、一九四一年九月一〇日、六八年の生涯を終えた。

さて、間もなく、太平洋戦争がはじまり、戦局が深まるとともに、関東のみならず、日本全土が米軍の大空襲にあい、ほとんどの都市が焦土と化し、広島・長崎に原爆まで投下されて敗戦となったことは周知のとおりである。わたし自身、敗戦の年の三月一〇日につづく五月二五日の東京最後の大空襲で、雨あられの焼夷弾・黄燐爆弾による一瞬の火の海の中、家は焼け落ち、近隣の友人・知人一〇人が爆死、辛うじて一命をとりとめたのである。まさに悠々のいうとおり、防空演習の訓練は何ひとつ役に立たず、「阿鼻叫喚の一大修羅場」の一端を体験したのである。悠々すでに亡く、彼の予言の適中を彼自身知ることはなかったが、その予言は、いま自民党が改憲してなんとしても自衛隊の「国防軍」化をはかろうとする動向に、時代は異なれ、ピッタリ突き刺さるのではなかろうか。

「国防軍」の前身は、まぎれもなくかつての「帝国軍隊」である。国防の名の下に創設された「帝国軍隊」は、果たしてわたしたち民間人の何を守り、敵から何を防いでくれたのか。何ひとつない。いやそればかりか、国を守る名のもとに、「帝国軍隊」は「侵略軍」に早変わりし、中国・朝鮮をはじめとするアジア諸国に攻め込み、暴虐の限りをつくした歴史的事実はぬぐうことができない。「国防軍」は、ひとたび他国に矛先を向ければ、必ず「侵略軍」化する。果たして、中国や朝鮮やベトナムの軍隊が日本本土に侵攻したことがあるだろうか。一度としてない。せんだって、「北朝鮮」が人工衛星を打ち上げるというのをミサイルと断定して、自衛隊基地のどこかしこに迎撃ミサイルを大慌てで配備したりしたが、かつての米軍の大空襲の折、一万メートルの高空を飛ぶB29にとどかぬ高射砲のようなものだ。

「国防軍」などは害あって益なし、自民党の妄想を、いまは亡き悠々とともにせせら笑いたい。そんな戦争の危機を煽る前に、世界に先駆けて「戦争の放棄」を憲法で宣言した光栄を担う日本として、やるべきことが山程あるではないか。

先日、ソウルで開かれたサッカー「東アジア杯」の日韓戦で、観客席に、日本人に向けて「歴史を忘れた民族に未来はない」という大きな横断幕が現れた。スポーツでまで批判を浴びる日本の歴史認識の欠如をこそ、深く省みるべきである。


（2013・8・1）

戯曲『夕鶴』が問いかけたこと——木下順二

先日、五十数年ぶりに、木下順二作・団伊玖磨作曲のオペラ『夕鶴』を、上野・東京文化会館の天井桟敷で観た。主役のつうは佐藤しのぶさん、その歌唱力と演技には深い感銘を受けた。『夕鶴』はもともとは戯曲で、一九四八年、木下さんがわずか八日間で書き上げたものを、山本安英さんが生涯に一〇三七回、舞台で演じた。

『夕鶴』を創業一冊目とした未來社に、わたしが編集者として入社したのが一九五三年、以来、出版界の泥沼からいまなお足が抜けないわたしにとって、『夕鶴』には格別の愛着がある。木下さん、山本さんとも亡くなるまでおつき合いさせて頂いた思い出も深い。それらが今回のオペラ『夕鶴』公演に、わたしの足をむかわせたのだった。

しかし、それらはともかく、また観劇後の印象などは別にして、上演中もその後も、わたしの頭に去来しつづけていた思いは、カネ、カネに引き廻される政界、官界、財界などのトップに立つ連中の雁首を、『夕鶴』の舞台のまん前にひき据えて観せてやりたいということだった。彼等は、『夕鶴』を知りもしないだろうし(教科書にあったはずなのに)、観てもなんの感動も覚えないほど精神はカネ漬けで鈍麻しているかも知れないけれども。

ご存知の方も多いと思うが、『夕鶴』は、矢を射られて苦しんでいた鶴が助けてくれた貧しい農夫与ひょうの家に、女に化身して訪れ、夫婦となって幸せに暮らすという昔話「鶴の恩がえし」をもとにした民話劇である。しかしつうがお礼に秘かに織った千羽織が高く売れ、それに目をつけた近所の仲間の惣ど運ずにそそのかされて、与ひょうもカネに目がくらみはじめる。絶望したつうは、最後の力をふりしぼって織った千羽織を与ひょうに残し、また鶴にもどって空高く去って行く──。

戦後の演劇界で、これほど人口に膾炙した作品も稀だが、この一見、素朴と思われる民話劇のなかに木下さんがこめた思いは、以後のすぐれたかずかずの現代劇・歴史劇のすべてに貫流するものである。なにもかもがカネと、それにまつわる利益にひきまわされる近代資本主義発展のただ中で、人間として守るべき真の姿は何か。なぜ、つうは人間を見限って去って行かねばならなかったのか。生涯をかけて木下さんは問いかけたのである。しかし日本の近代の壁は厚い。それゆえ、木下さんの作品の主人公のほとんどは、結末において訣別・挫折・自裁、または国家的抑圧による敗北・死に直面せざるを得なくなる。つまり〝負〟の側から日本近代のありようを照らしだすことによって、その矛盾をわたしたちに明らかにしたのである。

『沖縄』という作品がある。戦争中、日本兵によって恋人を殺された主人公の秀は、幕切れでその復讐を果たしたあと、海に身を投げて自裁する。その秀がたえずくりかえす台詞――「どうしてもとり返しのつかないことを、どうしてもとり返すために」こそ、木下さんがわたしたちに届けたかった最も大事な言葉であろう。去って行ったたつうをもはやとり返すことはできない。しかしどうしてもとり返さねばならない。日本近代が行ったアジア諸国に対する植民地支配、侵略戦争、それらによる膨大な加害のかずかずは、とてもとり返すことはできない。しかしどうしてもとり返さねばならない。それらがカネや条約なんかで結着がつくはずはない。

木下さんは、朝鮮に対する植民地支配、中国をはじめとするアジア諸国への侵略戦争、沖縄に対する差別の三つを、本土日本人が近代に背負った原罪といった。原罪であるから、いまに生きる日本人の誰一人として、わたしには、過去の歴史に責任がないとはいえないのである。それにしても、カネの亡者のような政府支配者たちよ、『夕鶴』ぐらい読んでみたらどうか。それでもムダかも知れないけれども。

（2014・2・1）

不滅の『谷中村滅亡史』――荒畑寒村

せんだっての一月一八日と二五日の二回、NHKでテレビドラマ『足尾から来た女』（池端俊策脚本）が放映された。タイトルが示すように、一八八七（明治二〇）年あたりから、えんえんとつづいた足尾鉱毒事件を背景にしたドラマである。鉱毒、土地収用法による強制破壊に苦しむ農民の立場に立ってたたかった田中正造をはじめ、福田英子、石川三四郎などの社会主義運動家や、弾圧の側に立つ政府側の原敬などが実名で登場し、主人公の「女」の立場から栃木県谷中村の人びとの悲惨な離散の姿が描かれ、深い印象を残した。

たまたま、ある読書会のテキストとして、荒畑寒村の『谷中村滅亡史』（岩波文庫）を再読していたので、感慨はひとしおであった。そして、百二十年余経た現在においても、政・財・官一体となった国益（嫌な言葉だ）をかかげた支配層たちによる民衆抑圧の構図は、何ひとつ変っていないことをあらためて痛感せざるを得なかった。それにしても、弱冠二〇歳の荒畑寒村が、ほぼ二か月で書き上げ、出版（直ちに発禁）されたという『谷中村滅亡史』の見事さには、舌を巻くほかない。「解説」で鎌田慧さんがいうとおり、まさに「天が書かせたドキュメント」である。福島原発の爆発で、放射能に追われ、住んでいた村や町が〝滅亡〟の事態に直面している多くの民衆の苦境をよそに、原発の再稼働どころか、新増設まですすめようとする政・財・官のお歴々よ、この〝天〟の声を聞け！　といいたい。無駄だろうけれども。

寒村は、鉱毒問題の歴史をふりかえりつつ、その惨状を逐一書きとめているが、それらの上に立って悲憤慷慨する文章のいくつかを摘記してみよう。

——「田中正造氏が議会における痛憤の怒号も、人民が病躯を駆って哀訴する苦衷も、遂に彼らが一顧に値ひせざりしなり。あゝ愚なるかな彼らや、彼らは実に噴火山頂、長夜の宴を張れる痴人たりしなり」

——「(谷中村の滅亡が) 現代の国家と、政府と、法律と、議会とが、悉く資本家権力者の奴隷たり、専有物たるに過ぎずして、平民階級が当面の仇敵たることを、永久にその脳裡に刻み付けらるべければなり」

——「現代の政治機関はこれ悉く盗賊の巣のみ」

——「金力と権力とは、現社会における尤とも強大なる勢力ならむ。されどこれらに増して強きは、実に正義の力なり」

——「谷中村の滅亡は、世人に何ものを教へたる乎。正義の力弱くして、依るべからざる事なる乎。人道の光り薄くして、頼むべからざる事なる乎。否々、資本家は平民階級の仇敵にして、政府は実に資本家の奴隷たるに過ぎざる事、これ実に谷中村滅亡がもたらせる、最も偉大なる教訓にあらずや」

田中正造の魂がのり移ったような、これらの寒村の言葉は、はたして大仰なものであろうか、また、過ぎ去りし時代にのみ通用するものであろうか。否である。いや、ますます光を増すのではなかろうか。ということは、逆に言えば、現在の状況が寒村の言葉に近づいているということである。はじめにふれたテレビドラマは、むろん、みずからの公の場での失言を取り消したり、どこが悪いと開き直ったりする籾井勝人NHK会長が、会長になる以前に制作・放映されたものである。しかし、安倍政権は、籾井会長の責任を不問に付して、NHKを政・財・官一体の重要な堡塁にしようと、着々と準備している。教育の場においても同様である。それらが〝国益〟の旗印のもと、かつての〝富国強兵〟への道につながるものであることは明らかだ。

『足尾から来た女』のようなテレビドラマを、NHKはこれからも放映しなければならない。その勇気を失ってはならない。ドラマは、谷中村の〝滅亡〟を体験した主人公の村の娘・サチ（尾野真千子がいい）が、怒りをこめて遥かな草原のなかの一本道を、どこまでもどこまでも歩くところでおわる。たたかいの道は遠い。しかし歩きつづけねばならない。

（2014・3・1）

詩「四海波静」とは――茨木のり子

なんとなく気持が滅入った時など、その人のことや作品を想うと、油然と勇気が湧いてくることがある。その人の一人が、二〇〇六年二月一七日、七九歳で世を去った茨木のり子さんである。いや、勇気づけられている人は、わたしのほかにもたくさんいることだろう。いま、東京・世田谷文学館で「茨木のり子展」が開かれていて（六月二九日まで）、過日、わたしも訪れた。そこには「詩稿、草稿、創作ノート、『櫂』同人をはじめとした詩人たちとの書簡、先立った夫のために書かれ、没後刊行された『歳月』遺稿など、貴重な資料」（パンフレット）と共に、日常生活での備品その他が展示され、代表的な詩が壁面に映し出されるという趣向であった。それなりに、茨木のり子さんの全体像に迫ろうとする展示であり、わたしは、茨木さんとの僅かだったが生前の出会いの一齣一齣に想いを馳せた。しかし何か大事なものが欠けていなかったか、ここではそのことだけを言いたい。

それは、茨木さんの生涯をつらぬく、いまなお天皇制を温存する日本国家への怒りである。詩集『自分の感受性くらい』は有名だが、そこに収められた「四海波静」を一体誰が書けるだろうか。「戦争責任を問われて／その人は言った／そういう言葉のアヤについて／文学方面はあまり研究していないので／お答えできかねます／思わず笑いが込みあげて／どす黒い笑い吐血のように／噴きあげては　止り　また噴きあげる」。こんな天皇をかかえて怒るに怒れず、茨木さんも「ブラック・ユーモア」としかいいようがない。こういう作品を展示関係者は、避けて通っているのではないか。

会場で販売している茨木のり子展「図録」に、茨木さん没後のすべてを引き受けた甥で医師の宮崎治氏が書きとめているが、あるコンサートのさい「君が代」が演奏されると、誰もが慌ただしく起立するなか、茨木さんは「私は立たないわ」と立たなかったという。それとおぼしき詩が最後の詩集『倚りかからず』にある。

「なぜ国歌など／ものものしくうたう必要がありましょう／おおかたは侵略の血でよごれ／腹黒の過去を隠しもちながら／口を拭って起立して／直立不動でうたわなければならないか／聞かなければな

らないか／私は立たない　坐っています」（「鄙ぶりの唄」）

かつて、このような詩を書いた詩人がいただろうか。この決然とした姿勢こそ、茨木さんの生き方なのだ。

最愛の夫・三浦安信氏が亡くなったあと、五〇歳でハングルを学び、エッセイ集『ハングルへの旅』、訳詩集『韓国現代詩選』を刊行したことは有名だが、茨木さんは、何も好き好んでハングルを学んだわけではない。詩集『寸志』に収められている「隣国語の森」では、かつての植民地支配時代、日本がハングルを抹殺しようとしたことを詫び、「倭奴《ウェノム》の末裔」として、「美しい言語の森」＝ハングルを学ぼうとの決意をのべる。そして、韓国にとっては「光復節」、日本にとっては「降伏節」直前、日本官憲に捕えられ、福岡刑務所で謎の死をとげた、韓国の民族詩人・尹東柱《ユンドンジュ》への限りない思慕の思いを、茨木さんは美しい詩句にとどめたのである。茨木さんの詩集全体を貫流する、天皇制国家のかつてのアジア諸国に対する植民地支配・侵略戦争、さらに今なおそれらを根底から払拭できないものへの怒りを忘れてはならない、とわたしは強く思う。

いま、毎日のように、安倍首相は、「国民の命を守るため」などの看板をかかげて「集団的自衛権」云々をわめき散らしている。この人にも、茨木さんの一篇の詩を捧げよう。

「言葉が多すぎる／というより／言葉らしきものが多すぎる／というより／言葉と言えるほどのものが無い／／この不毛　この荒野／賑々しきなかの亡国のきざし／さびしいなあ／うるさいなあ／顔ひんまがる（以下略）」（「賑々しきなかの」）


（２０１４・６・１）

水俣、その一筋の道——土本典昭

土本典昭さんとわたしが出会ったのは、一九五三年四月、第三回参議院議員選挙での選挙運動の時であった。前年四月、学校を出て都立高校の夜間部の職を選んだものの、平和運動（原爆禁止のストックホルムアピールなど）にかかわったカドで半年であっさりクビ、さまざまなバイトでわたしは糊口をしのいでいたが、選挙運動もそのひとつだった。主な仕事はトラックに乗って候補者（平野義太郎）の名前を連呼することで、終って事務所（中国研究所）に帰ってくると、机に坐って仕事をしている選挙参謀の一人らしい人が、「やあ、ご苦労さん！」と、やさしくねぎらいの言葉をかけてくれ、時には「一杯呑みましょう」と、わたしたちを赤提灯に連れて行っておごってくれたのである。そして文学論・政治論に花を咲かせた。その人が、わたしよりひとつ年下の土本さんだった。

その後、わたしは未來社に職を得て編集者になり、土本さんが岩波映画製作所に入ったらしいことは仄聞していたが、お互いに別々の道を歩む疎遠な一〇年が過ぎた。そして一九六三年のある日、一通の映画試写会への案内が届いた。『ある機関助士』。このなんともそっけないタイトルのわずか三七分の記録映画から受けた衝撃は忘れ難い。「えっ！ あの土本さんが？」という思いとともに、国鉄（当時）のPR映画であるにも拘らず、機関士たちがいかに過酷な労働を強いられているか、その視点から決して眼をそらさない、強い優しい土本さんの姿勢に脱帽した。それまでに羽仁進監督の『教室の子供たち』（五四年）や『不良少年』（六〇年）にも感銘を受けていたが、この一篇が、選挙運動いらい途絶えていた土本さんとの新たな出会いとなった。翌年、警視庁による交通安全PRとして企画された『ドキュメント路上』もまた、企画者たちの意図を裏切り、交通事故のおこる必然性を描ききった作品だった。権力に屈せず、民衆の痛みにこそ眼をそそがねばならない勇気ある記録者の出発を告げる二篇であった。

そしてまたふたたび、八年ほどの歳月が流れる。この間、土本さんは、むろん『留学生チュアスイリン』（六五年）、『シベリア人の世界』（六八年）、『パルチザン前史』（六九年）などの作品を発表していたが、わたしが決定的に魂を奪われたのは、『水俣―患者さんとその世界―』（七一年）である。映画を見おわったわたしは矢も楯もたまらず、試写会場でいきなり土本さんに「本を作らせてください」と、申し込んだのである。せめて本を作ることで、土本さんと患者さんたちにこたえたいと願った。それが、三年がかりで未來社から刊行された、土本さんにとっての最初の著書『映画は生きものの仕事である』（七四年）である。それには、それまでに書かれたドキュメンタリー映画に関するエッセイのほとんどと、武井昭夫・高岩仁氏との鼎談、そして『水俣―患者さんとその世界―』『水俣一揆―一生を問う人びと―』（七三年）のシナリオを収録した。七六年には、『医学としての水俣病』（七四年）と『不知火海』（七五年）のシナリオを収めた『逆境のなかの記録』も刊行させていただいたのだった。

土本さんとの著書以外の私的かかわりについてはキリがないのではぶくほかはない。ただ、土本さんが先駆的に記録した映画の一齣一齣は、いま、福島の原発事故などにあえぐ日本列島を、その中に住む人びとの苦難を、見事に予言したものではなかったか、そのことを心から言いたい思いである。土本さんと同時代を共にすごし、根源的に生きる指針を学ばせていただいたことに感謝し、何よりも誇りにしたい。土本典昭、二〇〇八年六月二四日死去、七九歳。

（2014・8・1）

植民地根性を批判しつづけて——富士正晴

富士正晴という人がいた。一九一三（大正二）年一〇月三〇日、徳島県の村に生まれる。家族と転々としたあと生涯の後半生を、竹藪に囲まれた丘の上のボロ家に憮然として坐りつづけた。それでも、詩・小説・評論・伝記・雑文・中国文学の翻訳etc、五十冊余の著作と多くの文人画を残した。

富士正晴は、大の学校嫌いだった。旧制三高に入学したにも拘らず落第を重ね、とうとう退学した。そして、学校は上へばかり卒業するのではなく、横へ卒業する仕方もあると豪語した。それゆえにか、思想や文学を業とするまじめぶった知識人のうじゃうじゃ理屈をこねまわしたような、大学の先生向きの文章などをテンから信用しなかった。今なお根強い学歴社会を軽蔑した。

富士正晴は、かつての戦争で中国戦線に一兵卒として狩り出された時、「戦時強姦をしない」と心に決めた。ということは、日本軍がいかにそういうことを公然とやっていたかということだ。幸い、鉄砲玉一つ撃たずに復員できたが、日本の中国に対する侵略戦争の実態を目の当りにし、戦後、日本がそれらに責任をとらず放置し、豊かになることを深く恥じた。高度成長などどこ吹く風。大嫌いな新幹線には片手の数ほども乗らなかった。晩年のレンブラントのように、売れない原稿を茅屋の畳に坐りづめに坐って八方やぶれで書いた。

富士正晴は、アメリカの言いなりに、水爆結構、基地結構とおべんちゃらをいう日本及び日本人の植民地根性に我慢がならなかった。そしてアメリカが天皇制を残したのは、主人に言いなりになる日本及び日本人の植民地根性＝奴隷根性を見抜いたからだと喝破した。上意下達が日本人は好きなのではないか。それは徳川時代にととのい、明治維新がそれを利用し、やがて戦争で強固になった。これが百年や二百年で果たして払拭できるだろうか。そして、ベトナム戦争時におけるベトナム人のアメリカに対するレジスタンスを高く評価し、日本人にそんなことができるかい、日本にはレジスタンスの伝統なんかないと言いきった。

富士正晴は、冠婚葬祭には、いっさい顔を出さなかったが、同時代で親しかった師や文学者や友人などが亡くなった時には、手厚い文章で追悼した。特に、四一歳で黒部渓谷で墜死した竹内勝太郎の著作・日記などの刊行には、生涯をかけて奮闘し、その恩に報いた。またみずからが中心で創刊（1947・10）した同人雑誌『VIKING』の仲間で、二一歳で鉄道自殺した芥川賞候補作家の久坂葉子に対しては、小説で書きとどめるとともに、その作品集の刊行に力を注いだ。『VIKING』を何よりも大事にし、その同人達を愛した。そこから何人もの作家が巣立った。海賊船は今も航海をつづけている。

富士正晴は、新聞を読むこと、時にテレビを見ること、友人知己と電話で話す（夜中に一時間に及ぶこともあった）こと、本を読むこと、来る客を拒まず呑んで話すことを世間との通路とし、世間に直接触れることはほとんどなかった。つまり肉体は動かなかった。にもかかわらず、その精神は心ある人びとのなかに深くとどき、彼らを鼓舞し勇気づけた。しかし、日本はますますあらぬ方向にすすんだ。とうとう飽きれ果て、わしゃ少々生き過ぎた。ポコリと死ぬのがわがのぞみなどとつぶやいた。そしてその言葉どおり、一九八七年七月一五日早朝、たった一人で冷たくなっていた。七四歳。

死後、岩波書店から『富士正晴作品集』全五巻が刊行された。生前、どこの出版社の文学全集にも「富士正晴集」があったためしはなかった。それが日本の文学界の現状だった。死んでからはじめて、まとまった印税を受けとることができたが、むろん、本人は知る由もなかった。

（２０１４・11・１）

「私が愛するのは友人」――ハンナ・アーレント

昨年、岩波ホールで公開され、連日満員の評判だったマルガレーテ・フォン・トロッタ監督の『ハンナ・アーレント』を、先頃、ようやく見ることができた。さきに公開された同監督の『ローザ・ルクセンブルク』に感銘を受けていたので、何とか見たいと思っていたが、脚も痛く行列してまで見る気力がなかったのである。

『ハンナ・アーレント』については、高い評価がさまざま語られたが、二〇世紀最高の政治思想家であるアーレントの生涯を、有名なアイヒマン裁判の傍聴と、「悪の陳腐さについての報告」という副題のついた論考『イェルサレムのアイヒマン』の発表（一九六三年）、及びそれに対する非難・論争の事件にしぼりこみ明らかにしたのは、まさに見事というほかなかった。『全体主義の起源』ほか、多くの傑出した著作をあらわし、一九七五年六九歳で世を去ったアーレントについては学ぶこと少ないわたしだが、ユダヤ民族を誹謗したとして、さまざまな攻撃にさらされるなか、毅然として自説をまげないアーレント（ローザも演じたバルバラ・スコヴァが素晴らしい）には、胸打たれる思いだった。

ここでわたしに、遠い記憶が甦る。敗戦間もない一九四六年五月から四八年一一月に開かれた極東国際軍事裁判、俗にいう東京裁判である。そこで、東条英機はじめ、いわゆるA級戦犯二八人が裁かれたが、その模様は、当時、映画館での劇映画上映の前のニュース映画で見ることができた。バッハの『トッカータとフーガ』が流れると共にはじまる裁判の映像は、愛国少年に仕立て上げられたまま、敗戦の廃墟に十代後半で放り出されたわたしにとって、衝撃の一齣一齣だった。そこで忘れられないのは、裁判も終り近く、検事があなた達はみずからを有罪と思うか無罪と思うかと問うたのに対し、全員が〝Non Guilty〟（無罪）と答えたことである。

結局、東条以下七人が絞首刑になった。その判決の折の〝Death by hanging〟（絞首刑）という重々しい声の響きは、今も耳底に残っている思いだが、『ハンナ・アーレント』の中で実写のフィルムが使われているアイヒマンの、俺が一体何をやったというのだ、上からの命令に従ったまでだというようなとぼけた表情が、わたしにかつての東京裁判の映像を想起させたのだった。アイヒマン同様、法廷に立った彼等は、戦争に対する責任は一切ないと主張したのである。

では一体、誰に責任があるのか、誰が最高責任者として命令を下したのか。その行きつく果てが、全体主義としての天皇制国家の構造自体にあることを、アーレントは、わたしたちに教えてくれるのである。そして、いまだに克服されていない無責任体系の残滓が、日本の政治・社会状況に根強くはびこっていることも痛感せざるを得ない。

映画の終り近く、親友の一人が、アーレントを難詰する場面がある。「(ユダヤ人である)君にイスラエルへの愛はないのか? 同胞に愛はないのか?」と。すると、アーレントは答える。「一つの民族を愛したことはないわ。ユダヤ人を愛せというの? 私が愛するのは友人、それが唯一の愛情よ」と。いましきりに、根源的な悪といっていい天皇制国家への回帰をめざす自民党政権を支える面々に、このアーレントの言葉を——一つの民族とユダヤ人を日本人と置きかえて——贈りたい。むろん、受け取りはしないだろうが。

「水は血よりも濃いい」これが戦後をこれまで生き抜いてきたわたしの信条である。煙草をしきりに吸い、ひたすら考え抜くいまは亡きアーレントに、映像をとおして遙かな、限りない敬意を送りたいと思う。

(2014・12・1)

「人は獣に及ばず」——中野好夫

表題は、江戸後期の洋風画家・蘭学者、司馬江漢の言葉である。
ある時、ある席上で、ある人物が、オランダの学問技術が話題になった折、オランダ人などは「人類にあらず。獣の類なり」と放言した。するとすかさず、司馬江漢は「人は獣に及ばず」と一蹴したという。

このエピソードを冒頭に置いた英文学者で評論家の中野好夫氏のエッセイ「人は獣に及ばず」は、今から四〇年ほど前に書かれたわずか数ページのものだが、忘れることのできない一文である。中野氏は、司馬江漢は「別に一流の思想家」だったわけではないが、洋風画・銅版画を描き、地動説を唱え、封建制を批判して人間平等主義の立場に立った人だったから、「蒙昧の洋人禽獣論」を得々としゃべる人物にがまんがならなかったのだろうと書いている。そういえば、七〇年ほど前の戦争中には、「鬼畜米英」などという「洋人禽獣論」が一世を風靡したことがある。もっとも今はその「鬼畜」のいいなりになっているけれども。

それはさておき、中野氏は、「人間とは、果たしてそんなにえらいもの」かと問い、次のようにいう。

――「獣、いや、動物の方がはるかに美しい調和の中で生きているのではないか。およそ世に人類ほど邪悪で、残忍で、貪欲で、しかも醜陋な生物は、かつて存在もしなかったし、また将来も断じて存在しえまいとさえ思える」と。

そして、自然破壊、食糧危機からジェット機、リニア・モーターカーなどの「スピード陶酔」の事例にふれつつ、「人類最大の愚行」である戦争に及ぶのである。

――「大戦のたびに、彼等はあとで戦争の根絶を厳かに誓い合う。だが、現実に行っていることは、つねに戦争抑止力を名とする恐るべき殺人新兵器の開発という一事にすぎぬ。悔いに宿命づけられた生物――その名は人類とでもいうべきか」と。

中野氏は、だからどうすればいいかとは、ひとことも言っていない。むしろ「人類は亡ぶ。必ず亡ぶ」と断言するのである。そして人類文明のあとは、「破壊しつくされた自然、そして鉄とコンクリートの廃墟の山」が残り、「死塊のような地球だけが、無限広大な宇宙空間の中を、ただ黙々として展転しつづけている」という、「まことにいやな想像」で文章を閉じているのである。これではミもフタもない。絶望するだけか。いや、そうではない。わたしは、こういう文章からこそ、限りない勇気を得るのである。

中野氏に『人は獣に及ばず』を巻頭に置き書名とし、七〇篇ほどのエッセイを収めた一冊がある(一九八二年・みすず書房刊)。その中に、「奇襲攻撃ということ――有事立法問題に関連して」という一文がある。傍題にあるように、一九七八年当時、他国からの奇襲攻撃を受けたらどうするかという有事立法なるものが国会で論議されたことがあるが、それにふれて中野氏は、日本は、日清・日露・日中戦争から太平洋戦争の真珠湾攻撃に至るまで「宣戦なき奇襲攻撃」を「お家芸、十八番」にしてきたがゆえに、逆に、「仮想敵もまたそれを仕掛けてくるのではないかという潜在意識的不安」にとらわれていると、見事に喝破しているのである。いま安倍政権がなにがなんでも押し通そうとする一連の安保法制も、このような「潜在意識的不安」に、病的におびえている結果としか思えない。

中野氏は絶望しているのではない。人間が動物に及ばない最たるものとしての戦争、その「愚行」、それに気づかず、人類滅亡の促進に加担し、その結果に思い及ばない人びとに、中野氏は警告しているのである。一九八五年、八二歳で世を去った中野氏が存世していたら、安倍政権にどんな批判の言葉を送るだろうか。

（2015・7・1）

「一つの尺度」でしかモノを計らない人びとへ——鶴見俊輔

鶴見俊輔さんのエッセイに「一つの日本映画論」というのがある。六十数年も前、映画雑誌に発表されたもので、傍題にあるように、川口松太郎原作・安田公義監督・長谷川一夫主演の映画『振袖狂女』を論じている。これらのスタッフでも推察できると思うが、『振袖狂女』は、鶴見さんが言うように、いわゆる「高級な映画」などではなく、大衆的な娯楽時代劇といっていい作品なのである。しかし鶴見さんは、映画の荒筋を丹念に辿りながら、そこから現在わたしたちが抱える問題をひきだし俎上にのせる。

それではどんな問題なのか。アトランダムに並べると――男の卑劣なエゴイズム、無責任な計画性なき急進思想家、主人と奴隷的家来の関係、観念でのみ思想を説く日本のインテリの男たち、権力に屈従し理論を正当化する学者、天皇制という家元制度をうしろだてとする実業界・政界・官界、そして「現代日本における異端者の宿命、男が女をうらぎる仕方、伝統のうけつぎかた」などへ及ぶのである。驚くほかないが、このように、一篇の娯楽時代劇映画からさえ学ぶことこそ、鶴見さんが思想家として生涯をつらぬいた姿勢であり、真骨頂というべきであろう。

花田清輝さんは、このエッセイについて、「みずみずしい感動を語った鶴見の文章は、アンリ・ルソーの絵のように、わたしの心を打つ」と書いた。滅多に心など打たれない花田さんにしては、最大の讃辞というべきだろう。そして花田さんは、いわゆる職業的批評家は、「鶴見を、映画のわからない、おめでたい人物」とか、「牽強附会の説にたっている老獪な人物」とかいうかも知れないが、それはかれらが「一つの尺度」でしか映画を計らないからだという。いかに「一つの尺度」でしかモノを計らない文化人・知識人・社会運動家が多いことか。

鶴見さんは書いている。「文化人たちと、好みの上でのへだたりを感じる。好みの上でのへだたりだけでなく、思想の上でも、へだたりを感じる」と。鶴見さんは、生涯、その「へだたり」の狭間を歩きとおした。

一九五〇年、わたしは一冊の本に出会った。鶴見俊輔著『アメリカ哲学』（世界評論社・A5判上製二九五ページ）。プラグマティズムを論じた本だが、敗戦間もなく二十代になったばかりのわたしには、論じられるバースもホウムズもサンタヤナもハックスリも、そしてなぜかただ一人登場する日本人のユーモア作家・佐々木邦も、読むだけは読んだがさっぱりわからなかった。しかしただひとつ、鶴見俊輔という人がひとかどの人だということだけが心に刻印された。以来、鶴見さんの『思想の科学』、共同研究『転向』の仕事、安保闘争、ベ平連、そして晩年の「九条の会」の活動などは誰もが知るところである。わたしは編集者として、鶴見さんの本に一冊もかかわることはできなかったが、なにかの会で出会い、言葉をかわした時の温顔は忘れることができない。

現在、安倍政権を打倒するために、いかなる組織にも属さず、個人として日夜、国会をとり巻き抗議の声をあげる人びとに期待し、それに先駆的に応援を惜しまなかった人こそ鶴見さんといっても過言ではない。六〇年安保の折、政府に抗議して都立大を辞職した竹内好さんに呼応し、直ちに東工大を辞職した鶴見さん。そんな知識人・学者がいまどこにいるか。「一つの尺度」にしばられる党派や進歩的集団を批判しつつ、生涯、日本共産党に投票しつづけたという鶴見さん。

去る七月二〇日、鶴見さんは九三歳の生涯を閉じた。その生涯から学ぶことによって、憲法擁護の道を歩まねばならない。

（2015・8・1）

自力の健全なナショナリズムとは──竹内好

この論考の巻頭には、カルル・レヴィットの『ヨーロッパのニヒリズム』からの引用が、題辞（エピグラフ）として掲げてあります。要約すると、日本のインテリ（知識人）は、二階家に住んでいるようなもので、階下では日本的に考えたり感じたりしているが、二階にはプラトンからハイデッガーに至るまでヨーロッパの学問が、ずらりと並んでいる。しかし上下を行き来する梯子はない、疑問だというのです。二階には、むろんマルクスやレーニンも並んでいるでしょう。ここに、竹内好（一九一〇〜七七）さんが、生涯をかけて苦闘した主題が示されているといっても過言ではないかも知れません。

すなわち、竹内さんは、日本近代における西洋理論の物真似＝外発教養主義ではなく、アジア・日本を基軸とした自力の健全なナショナリズムを、魯迅の翻訳や多くの著作をとおして考え抜いたのです。それは、竹内さんの研究者としても知られる、中国社会科学院の孫歌さんの言葉をもってすれば、まさに「火中に栗をひろう」ようなものでした。しかし、左翼陣営に属するインテリ集団からも、竹内さんは一介の「ナショナリスト」としてしか遇されませんでした。日本の戦後にとっては不幸なことでしたが、竹内さんにとっては光栄なことでした。

いうまでもなく、民衆は、一階を生活基盤としています。しかしほとんどのインテリは、一階で日々生きていながら、こころ（思想＝生きる指針）は、もっぱら二階にあります。竹内さんは書いています。「日本のインテリは民衆と共通の生活の地盤に立たないで、浮き上がっているから、その知的能力を民衆の代弁に役立てることができない」と。しかも悪いことに、民衆から隔絶された日本のインテリは、かくして畸型化し分裂し、みずからの知的活動は、現実とかかわりなしに進行し、さらに借り物の外来思想や運動に流行に応じて飛びつくことになるのです。竹内さんの苦渋に満ちた指摘です。

この論考は、敗戦後間もない一九五一年、実に六十数年も前に書かれたものです。そこには、日本ファシズムへの抵抗運動が何ひとつ組織化されなかったことへの、インテリの無力さへの自覚と、みずからへの自己批判がこめられています。そして「古いものが、古いもののなかから生まれる力によって、みずからを倒すのでなければ、真の改革は実現されない」（「ノラと中国」）ことを信じたのです。それにかかわるインテリの役割を考え抜いたのです。上からや外からの思想やイデオロギーではなく、この日本の内から底から「生まれる力」とは何か。それらとインテリはどう生きねばならないか。

竹内さんは、インテリに、つぎのように要望します。「インテリは、個人としても全体としても、まず自己の分裂状態を自覚し、統一を心掛けるべきだと思う。それには、失われている生産への信仰を回復することが必要だ。一切の寄食を能うかぎり努力して止めていくことが大切だ。自主的になること、自分自身になること、それが第一歩だ」と。そして、ハーバート・ノーマン氏によって正当に評価された、二百年前の独創的思想家・安藤昌益をこそ、インテリの模範として論じ稿を閉じています。

孫歌さんがいうように、失敗や〝負〟の制約を恐れず、「概念から出発しない勇気と能力」をもって、「同時代史の状況性から真の思想課題」を引き出し論じた竹内さんを、あらためて読み直すべきときではないでしょうか。竹内さんが生きていたら、先頃来の安保法制反対の国会前の新たなデモの動向に、どんな感想を持たれたか、お聞きしたい思いやしきりです。

（2015・10・1）

「外国に在る人々」に呈す――花田清輝

表題は、花田さんが、秋元松代さんの戯曲『常陸坊海尊』に送った言葉です。もともとは、柳田国男の『遠野物語』の一節――「白望《しろみ》の山に行きて泊れば、深夜にあたりの薄明るくなることあり。秋の頃、キノコを採りに行き山中に宿する者、よくこの事に逢う。また谷のあなたにて大木を伐り倒す音、歌の声など聞ゆることあり。この山の大きさは測るべからず」――からとられたもので、わずか二ページほどの短いエッセイですが、どんなに花田さんがこの作品の「大きさ」に心打たれたかが、惻々として読むものに伝わってきます。と同時に、わたしには、この「小さな」エッセイに凝縮した花田さんの「大きさ」を感じないではおれません。

いまここで、『常陸坊海尊』について書く余裕はありませんが、ひとことでしるせば、戦争中、東北地方に疎開していた学童たちが、東京大空襲で家族や身寄りを一挙に失って孤児となり、戦後、それぞれ農家や漁師に貰われて行く苛酷な運命の行く末を、民間説話として語りつがれる常陸坊海尊と重ねあわせた作品です。常陸坊海尊は、義経が最期を遂げた平泉・衣川の合戦の折、命が惜しくて主君を見捨て戦場を逃亡したといわれています。その罪を背負って、以後七五〇年、海尊は罪の深さを懺悔しながらいまなお東北の山村をさまよっているというのです。荒唐無稽と思われそうですが、この作品には、花田さんが言うとおり、「生きることもできず、死ぬこともできなかった、戦争末期のやるせない日本人の魂が……あますところなくえぐり出されてい」るのです。

花田さんは、柳田国男が、『遠野物語』の初版本のトビラに、「外国に在る人々に呈す」という献辞を入れたことにふれて、次のように書いています。

——「それは、その本のなかにあつめられた東北の伝説によって、人々のノスタルジアをそそるためではなく、それらの伝説をうみだした、底辺に生きるものの悲痛さを、たえず思い出してもらいたかったためにちがいありません。おそらくこの戯曲のトビラにも同じ献辞が必要でありましょう。なぜなら、新劇の関係者たちは——作者も、演出者も、俳優も、観客もひっくるめて、一言にしていえば、『外国に在る人々』であるからであります」と。

このエッセイは、わたしも企画・制作者の一人として関係していた劇団演劇座が、一九六七年九月、『常陸坊海尊』を初演したさい、パンフレットに掲載されたものです。それゆえ、「新劇の関係者たち」への献辞の必要が強調されていますが、果たして、「外国に在る人々」は彼等だけでしょうか。否です。花田さんは、芸術家たちに、思想家たちに、政治家たちに、社会運動家たちに、ひろく知識人たちに、市民たちに、この献辞を、そして『常陸坊海尊』に描かれた現実を直視して欲しいと願ったのだと思います。そしてまた、「底辺に生きるものの悲痛さ」は、なにも、この戯曲に描かれた戦争中や、戦後の一時期に限ったことでないことは、いうまでもありません。

いや、ますます、「外国に在る人々」が増殖しているといっても過言ではないかも知れません。そして「底辺に生きるもの」たちとの隔たりも見えにくくなっていると言えます。そのことのいちいちについてはご想像にまかせますが、「外国」という言葉の意味するものとは何か。戦争中に書いた『復興期の精神』から、最晩年の『日本のルネッサンス人』（一九七四年）に至る花田さんの仕事は、誤解を恐れずに言えば、この「外国」との格闘だったと言えるかも知れません。

（2015・11・1）

「憲法第九条をめぐる若干の考察」――丸山眞男

護憲の立場だった知識人から、「新九条」なる憲法九条の〝改正案〟が台頭してきました。東京新聞（10・14付）、朝日新聞（11・10付）などによると、今井一・小林節・伊勢崎賢治・加藤典洋・想田和弘氏などです。その先がけとしては、田原総一朗・矢部宏治・池澤夏樹氏なども加わるかも知れません。それぞれが主張するところの大要は、個別的自衛権や集団的自衛権、そして自衛隊・米軍基地などのさまざまな矛盾を、第九条を改正し明記することで突破しようというのです。さて、どうでしょうか。

辺見庸氏は、「危なくはないか。怪しくはないか」と書いています（『生活と自治』一二月号）。わたしもそう思います。

ところで、これらの動向に対する斎藤美奈子氏の批判「敵に送る塩？」（「東京」11・11付）は、小さな「本音のコラム」欄ですが、わたしは大きな共感を覚えずにはおれませんでした。斎藤氏は、「私が官邸の関係者なら『しめしめ』と思いますね」と書いた上で、新九条論者の意見は、結局は、「改憲OKの気分」を醸成するもので、「憲法を現実に近づけませんか」の話ではないかとのべ、「このタイミングで、あの政権下で、改憲論を出す。彼らはウハウハである。『あとは新九条論者と護憲論者の対立を煽《あお》るだけですよ、総理』『だな。もう新聞も味方だからな』という、官邸内でかわされるであろう対話でコラムは閉じられます。

ここで、五〇年ほど前に発表された丸山眞男氏の「憲法第九条をめぐる若干の考察」を思い起こします。単行本で五〇ページほどの長い論考ですから、ほんの一部にしか触れることはできませんが、憲法の前文と第九条が相関連しつつ、日本にとってのみならず世界の恒久平和にとって、また人民主権の確立のためにどれほどすぐれたものであるかを、歴史的にも連関させつつ精緻に論じた論考です。新九条論者の人たちももちろん読んでいることと思いますが、どうでしょうか。

丸山氏は、例えば、自衛隊がすでにあることが問題ではなく、これをどうするかの方向づけにこそ問題があるとして、憲法を遵守する義務を負った政府は、防衛力を〝漸増〟するのではなく〝漸減〟する義務があるとのべています。自衛隊がいまあるという現実によって憲法を改正するのではなく、憲法によって現実、つまり政府の暴走を縛らねばならないのです。丸山氏は、アメリカ憲法の修正条項

第十四条と十五条にもふれ、そこでは、市民の平等と人種差別を禁止していますが、百年たっても現実は変らない、しかし政府や議会から改正しようという提案があったためしがないと語っています。また、敗戦翌年三月、政府の憲法改正草案が発表された直後、幣原喜重郎首相が、熱核兵器時代における「皆殺し」戦争の悲惨さを予見し、やがて世界は、日本の戦争放棄の大旗についてくるでしょうと語ったことも、丸山氏は紹介しています。安倍首相とその取巻きともども、新九条論者たちは、いったい、どんな戦争、どんな侵略軍、どんな自衛軍を想定しているのでしょうか。

前記『生活と自治』の中のインタビュー記事でも、森達也氏は語っています。「改憲論者は9条をお花畑やメルヘンなどとからかいますが、そんな甘いものではありません。人類の戦争の歴史に真っ向から対峙するアンチテーゼです。日本が銃を持たないことに成功し続ければ、人類にとって大きな前例になります」と。

池澤氏や加藤氏は、安倍政権の〝右折の改憲〟に対し、それぞれの改憲案を〝左折の改憲〟と呼んでいますが、人類が到達した最高・最善の規範としての、日本国憲法の前文・第九条という道標をしっかりと見つめて、右顧左眄することなく、勇気と誇りをもって直進の道を歩むべきだとわたしは思います。

（２０１５・12・１）

「裂け目の発見」——埴谷雄高

埴谷雄高さんの代表作『死霊』は、戦後文学の金字塔といわれますが、難解ということでも知られ、多くの論評があります。しかし埴谷さんの評論・エッセイ、また座談などは明解で、特に、先行して世を去った戦後文学の僚友たちへの心のこもった数々の追悼文には、胸打たれざるを得ません。

わたしが埴谷さん宅を訪ねたのは一九五六年の半ばごろ、六〇年ほど前、埴谷さんは、結核の回復期で、寝たり起きたりの様子でした。わたしは、こういう天才は早世するのではと危ぶみ、すべての評論・エッセイを刊行したいと申しこんだのです。ところが、予想に反し（失礼）、九七年二月、八七歳で生涯を閉じられるまでに、わたしとの口約束を守り、埴谷さんは、評論・エッセイ集を二一冊、対談集を一二冊、未來社から刊行しつづけたのです。埴谷さんの人生全般に対する律儀さの一つの現われといえます。

「裂け目の発見」は、埴谷さんへのインタビューをまとめたもので、PR誌『未来』の六八年七月号に掲載しました。「文学的小伝」と傍題にあるように、これは、作家として出発する迄の社会的・個人的裂け目=体験を語ったものです。政治でも文学でも、「裂け目をどんなときにどんなふうに見たかということでその人間の方向がだいたい決って」くると、埴谷さんは語っています。

埴谷さんにとっての第一の裂け目の発見は、生まれ育った植民地台湾での幼少年時代にあります。わずか一〇万人ぐらいしかいなかった日本人が、八〇〇万人の本島人に対し、政治的支配者としてどんなに横暴の限りをつくしたか。買物をすると値切りに値切って自分のつけた値段の金しか払わない。人力車にのると車夫の頭を後ろから蹴って、右に行け左に行けと言う。こういうふとした日常的光景を見ることで、威張り腐る日本人への嫌悪感と、屈辱に耐えて生きる人たちへの思いに、埴谷さんは、幼ない心を二つに引き裂かれたのです。

第二の裂け目は、東京に出てきた中学三年の頃のある出来事でのことです。ある日、学校の校舎の二階の窓から、友人が埴谷さんの帽子を斜め下の入口の屋根に投げたのです。それで埴谷さんは、校舎の羽目板にはりつくようにして、「一寸か一寸五分」かの横板の縁に足をかけ、それを取りに行ったのです。真下はコンクリート、非常な恐怖にとらわれながらなんとか戻ることができたのですが、それは、小さなことながら死との対面といっていいでしょう。埴谷さんは、台湾時代の体験を「社会的な裂け目」といい、このことを「存在論的な裂け目」といっています。

そして第三には、埴谷さんにとって決定的といってもいい文学的体験として、刑務所があります。共産党員だった埴谷さんは、一九三二年三月、不敬罪及び治安維持法違反で逮捕され、未決囚として当時あった豊多摩刑務所に収監されます。それから翌年一一月に、懲役二年執行猶予四年の判決で出所する迄の独房や結核での病監暮らしで、埴谷さんは、以後の文学的活動に発展するさまざまな裂け目を発見したといっても過言ではないでしょう。『死霊』の構想も獄中で練られたという伝説すらあります。戦後の先駆的なスターリン批判などの政治的発言も、痛切な裂け目の体験に根ざしていることは言うまでもありません。それらに賛同するにしろ、それらを批判するにしろ、埴谷さんの生涯から、わたしたちは多くのことを学ばねばならないと思います。

戦後七〇年、いま、わたしたちは、大きな時代の「裂け目」に立っています。埴谷さんは「精神のリレー」といいました。次世代に向ってわたしたちはどんなバトンを渡すことができるのでしょうか。

（2016・1・1）

『汝の母を！』にこめられたもの――武田泰淳

辺見庸氏は、「朝日」のインタビュー（1・21付）で、「未来を考えるときは過去に事例を探すんです。むしろ過去のほうに未来があって、未来に過去がある」と語っています。そして現在の「全体として翼賛化していく」状況は、一九三〇年代になぞらえられるのではないかと問い、南京大虐殺が起きた三七年代前後のことを調べたのです。その結晶が、昨年末刊行された『1★9★3★7』（「イクミナ」、金曜日）です。日本の腑抜けた政治・社会、そして精神状態を根源的に問う一書です。

ところで、その本のなかで、辺見氏は、未来に向けて問いかける重要な戦後文学の作品のひとつとして、堀田善衞氏の長編小説『時間』（新潮社・一九五五年）を「経糸」としてとりあげています。この小説は、いまなお論議されている南京大虐殺（三七年一二月）の「捕虜・市民らの虐殺、約二〇万人、略奪・放火・強姦の惨状」（『近代日本総合年表』岩波書店）を、中国人の側から描いたものです。そしていまひとつが、武田泰淳氏の『汝の母を！』（『新潮』五六年八月号）という、枚数にしてわずか二二、三枚の短篇です。しかし、辺見氏が「世界的傑作」と呼ぶこの作品こそ、戦後を生きるわたしを導く確かな光源だったといってもいいでしょう。

『汝の母を！』は、日本軍の兵士たちが、捕えた中国人の母と息子に、こともあろうに性行為をやらせて見物し、挙句のはてに彼等を焼き殺すという話です。母子をとり巻く者は、農村で役場の書記をしていた隊長であり、強姦好きの肉屋の上等兵であり、炭焼出身、人夫出身、自作農出身、つまり、日本に帰れば農民である母子と同じあたり前の民衆たちなのです。武田氏を想定してもいいと思われる小説の主人公である「私」は、「インテリはダメね」とからかわれながら、その光景を目撃できませんでした。しかしその二人の犠牲者が、お互いの命を助けようと、日本軍兵士のニタニタ笑いの前で、どんな行為をしなければならなかったか、そして焼き殺されたか、そのすべての「光景」を、「私」＝武田氏は魂に焼きつけ、背負い、戦後を生きたのだと思います。

「汝の母を！」＝「他媽的《タアマアデ》！」「ツオ・リ・マア！」は、中国特有の「国罵」といわれ、「お前の母親を性的に犯してやるぞ！」という、最大の侮辱的罵倒の言葉です。その罵言を、無知な肉屋さんが、意味も解らず、「バカヤロウ」のつもりで、逆に母子に投げかけます。背すじに、冷たいもの、熱いものが走りぬけた「私」は思います。――「彼ら母子にこそ、日本兵の祖先代々の母たちを汚してやる権利があったのではないか」と。このあとは、「天のテープレコーダー」「神のレーダー」に記録された母子の美しくも哀切な、仮空の対話となって小説は閉じられます。

いま、天皇夫妻によるフィリピンへの慰霊の旅が、新聞・テレビ等で日夜、報じられています。出発に先立ち、天皇は、「マニラの市街戦においては膨大な数に及ぶ無辜のフィリピン市民が犠牲になりました」と言っていますが、一一一万人にも及ぶフィリピン人が、市街戦でのみ死んだと思っているのでしょうか。中国でと同じく、日本軍による一般人に対する虐殺・略奪・放火・強姦が行われたことを知っているのでしょうか。その結果の一一一万人なのです。また、日本軍の死者五二万人も、戦闘によるものより餓死が多いといわれています。このさい、死者二〇〇〇万人ともいわれている中国への慰霊への旅も果たしたらどうでしょう。いや、それは天地がひっくり返ってもかなわぬことでしょうから、せめて『汝の母を！』を読むことを、天皇、及び侵略戦争を認めようとしない安倍晋三氏とその追従者たちにすすめます。読むのに三〇分とかからないでしょうから。

武田泰淳氏は、一九七六年一〇月五日、この世を去りました。六四歳。その折、『汝の母を！』にふれた追悼文を書き、出版業界紙に発表したことを付記します（拙著『戦後文学と編集者』に収録）。

（２０１６・２・１）

陋劣な情念にとらわれて――上野英信

上野英信さんは、一九八七年一一月、六四歳でこの世を去りましたが、その生涯は、戦後日本の経済発展を、まさに、地の底から支え、生き、死に、そして見棄てられた炭鉱夫たちとともに歩むことに捧げられました。戦争中は、満州国立建国大学に学び、戦後は京都大学で中国文学を専攻していた上野さんが、どうして、一介の炭鉱夫として炭鉱に翻然として身を投じ、そこから一歩も退かず、死と背中合せの最も苛酷な労働に従事する労働者たちとその現実を、記録しつづける道を歩むようになったのでしょうか。

「私の原爆症」は、わずか三ページほどのエッセイですが、そこに、上野さんの決然とした転身の動機が語られているようにわたしには思われてなりません。上野さんは、学徒召集中の一九四五年八月六日、広島で被爆します。エッセイの冒頭、上野さんは書いています。その日以来「私はアメリカ人をひとり残らず殺してしまいたい、という暗い情念にとらわれつづけてきた。……おそらく、死ぬまでこの情念から解放されることはあるまい」と。

〝皆殺し〟とは、ただならぬ思いですが、被爆からの十日間、上野さんが心に刻印した原爆の惨状はどのようなものであったか。上野さんは〝被爆者〟であることをなるべく隠そうとします。なぜか。それは、〝皆殺し〟という、暗く、絶望的で、陋劣《ろうれつ》な、「ついに果たされることのない情念」にとらわれている〝私〟を、人に知られることを恐れたからです。そして「どんな美しい思想も、建設的な平和の理論も」、上野さんを解放してはくれません。あるのは、「無限の虚無の底からふきあげてくる殺意だけ」です。このような〝憎悪〟でもなく、〝憤怒〟でもなく、「救われることのない哀しみ」を直視した上野さんが、どうして、おめおめと、のこのこと、大学になんか行っていられるでしょうか。上野さんはそういう人でした。上野さんは、生涯を賭けて、国家による理不尽な仕打ちによる死者たちを弔いつづけたのです。

エッセイの中に、絶唱として知られる一首——「大き骨は先生ならむそのそばに小さきあたまの骨あつまれり」など、多くの短歌を遺し原爆症で斃れた正田篠枝さんとの一夜のことが書かれています。すつかり癌に侵され、動くのは右手だけになりながら、最後の力をふりしぼり、正田さんは、原爆の犠牲者の数だけ、死ぬまでになんとしても「六字の名号《みょうごう》」を写したいと、南無阿弥陀仏を唱えながら、一晩中、必死に名号を記しつづけていたといいます。その「称名《しょうみょう》の声」は、のちのちまで、上野さんの耳にあざやかに聞こえつづけてやみません。

いや、その「称名の声」は、いまなお、広島・長崎・福島のみならず、日本全国を掩いつくし、唱えつづけられているのではないでしょうか。にも拘らず、原発の海外売りこみ・国内再稼働に狂奔する政府・資本家の面々には、その声はどこ吹く風、ちらりとも届かぬようです。彼等を放射能汚染の海に叩きこんでやりたい「情念」に駆られます。上野さんが、エッセイのおわりに書いたことばを、わたしたちはいまいちど、よく噛みしめなければならないと思います。

「末期の思想を中核としてもたない平和運動は、もはやいかなる意味においても存在理由をもちえないだろう。平和への希求は、いまさらいうまでもなく、それらしい気運に同調してみずからを解消することではないはずである。私は永劫《えいごう》に救われることのない奈落の底にあって、わが殺意のやいばが、われとわが身を切りきざむ熱さにたえるほかはない」

（2016・3・1）

「松のことは松に習え」——藤田省三

この標題には、（註）があります。「不遜にも、松尾芭蕉の名言『松のことは松に習え』（三冊子）を一個の比喩として扱って『拡大利用』したもの」云々と。そして、一九六三年、乗鞍岳に、観光施設として自動車道路を開発するため、高山地帯固有の「ハイマツ」、厳しく苛酷な条件に屈服することなく、岩面に「這う」ようにして生きてきた「這松」を、いかに悲惨に「殺害」したかについて、傍題にあるように、「現代文明へのレクイエム」として語った、わずか数ページの文章です。

ところで、犠牲となった木の一本一本を集めて、その「悲惨な屍体の解剖」により、「一つの葬い」を行った人がいます。それによると、標高二五五〇メートル地点で殺害された九五本のハイマツの平均樹齢は、一〇九年、一年ごとの成長を示す年輪幅の平均は〇・三七ミリ。このようにして、標高二六五〇メートル地点で、平均樹齢一一〇年のハイマツが九八本、標高二七五〇メートル地点で、平均樹齢七七年のハイマツが六一本、殺害されたのです。「厳しい存在に対する感受性の欠落であり、さらに正確に言えば厳しさと優しさの両義的共存に対する感得能力の全き消滅」と、藤田さんは語っています。

この乗鞍岳開発によるハイマツの大量虐殺に象徴される「高度成長の所産」は、いまなお、日本全土を掩っているのではないでしょうか。藤田さんが列挙しただけでも、「第三次産業」の国境の飛躍的拡張、土木産業と土木機械業の新たな急成長、「行楽人口」と「行楽距離」の増大がもたらす消費活動の急膨張、GNPの上昇、自動車販売市場の急速な拡大etc。しかし何よりもまず問題なのは、「人知れず横たわる」ハイマツを横目に、「便利」と「享楽」を求めて殺到する人びとの群れです。のちに藤田さんが喝破した「安楽への全体主義」です。にも拘らず、藤田さんは、おわりに、この危機の時代における認識を支えるものは「犠牲者への愛」であり、「他者の認識」としての犠牲者に対する「鎮魂歌」こそが「蘇生への鍵」であると、一縷ののぞみをわたしたちに托して、エッセイを閉じています。

さてここで、わたしも芭蕉と藤田さんの名言を「一個の比喩」として、「拡大利用」し、このごろの日本と韓国で起こっている一事件——朴裕河氏の著書『帝国の慰安婦』（朝日新聞出版）と、それをめぐる一部の日米の学者・ジャーナリストの反応について、大急ぎで、抗議のひとことをつけ加えざるを得ません。朴氏の著書に対し、「ナヌムの家」に暮らす九人の女性が、名誉棄損で告訴、勝訴しました。当然のことです。くだらない古山高麗雄氏の戦争小説などを援用したりして、日本軍「慰安婦」を、日本軍の「同志」「協力者」に仕立て上げようとした著書は、まさに「犠牲者への侮辱」以外の何ものでもありません。朴裕河氏よ、「松に聞け」、辛うじて生き残っている日本軍「慰安婦」に、「愛」をこめて耳傾けて欲しいというほかありません。

さらに愕然としたのは、朴氏の起訴に対し、日米の知識人六五人が、「学問や言論の自由」を看板に、抗議声明を出したことです。その中にはわたしの存じ上げている方もいて、ユーウツですが、ここに名を連ねた一人である大江健三郎氏はかつて、柳美里氏の『石に泳ぐ魚』の出版禁止事件の折、「発表によって苦痛をこうむる人間の異議申し立てが、あくまで尊重されねばなりません」と表明したとのことです。今回の抗議声明への加担とは、全く逆ではないでしょうか。なんでも、「学問・言論の自由」を唱えていればコトが済むと思っている方たちよ、まずみずからの「感受性の欠落」を見つめ、「犠牲者への愛」を学問・言論の根底に据えて欲しいと願います。

（この事件については、鄭栄桓《チョンヨンファン》氏の『忘却のための「和解」――『帝国の慰安婦』と日本の責任』世織書房刊が、純理をつくして論じており、感動的です。朝日新聞社は、こういう本にこそ「大佛次郎賞」を上げるべきでしょう。）

（２０１６・４・１）

ガリレイ・科学者の責任――ベルトルト・ブレヒト

ブレヒトの『ガリレイの生涯』が日本で初めて上演されたのは、今から五八年前の一九五八年四月、千田是也訳・演出（下村正夫共同演出）の若手劇団が結集した青年劇場の舞台でした。これが、戦後のブレヒト受容の大きなきっかけになったと言われていますが、わたしもまた、強い衝撃を受けたことを今に忘れることができません。極端にいえば、ドラマについてのみならず、芸術・人生全般についての物の見方について、新しい光を与えられたといってもいいかも知れません。

それはともかく、この作品は、ナチス・ドイツから亡命したブレヒトが、一九三九年、デンマークで完成したものです。人口に膾炙したエピソードですが、ガリレイは、宗教裁判の拷問に屈して、地動説をとり下げます。しかしひそかに、「それでも地球は動く」とつぶやいたといわれています。『ガリレイの生涯』でのこの場面は、まさにブレヒトらしく有名です。天動説に転向したガリレイが教会から憔悴して出てくると、師と仰いでいた弟子のアンドレアが絶望の余り叫びます。「英雄のいない国は不幸だ!」と。そしてあらゆる罵倒の言葉を投げかけます。すると、ガリレイは静かに答えます。「違うぞ、英雄を必要とする国が不幸なんだ」と。

これもまたともかく、問題はこの先にあります。一九四四年から五年にかけて、ブレヒトは、最終亡命先であるアメリカで、名優チャールズ・ロートンと『ガリレイの生涯』の英語版の草稿を共同で作成していたのです。ところが八月六日、日本の広島に、アメリカが原爆を投下したとの報を聞いたブレヒトは、急遽、作品の大幅な書き直しをはじめたのです。なぜでしょうか。それまでは、どちらかと言えば、裁判に屈しながらも、ひそかに近代的科学の方法を確立したといわれる『新科学対話』を完成させた、ガリレイの抵抗の姿勢にウェイトがかかっていたのです。しかし、それでいいのか。ブレヒトは、上演にあたって、ガリレイを肯定しそうな場面をカットしたりして、アンドレアとの最後の対話のなかに、科学のあるべき姿、科学者の責任について書き加えたのです。そのほんの一部分を、ここまでも引用させて頂いた岩淵達治さんの訳で重ねて引かせていただきます。

「君たちは何のために研究するんだ? 私は科学の唯一の目的は、人間の生存条件の辛さを軽くすることにあると思うんだ。もし科学者が我欲の強い権力者に脅迫されて臆病になり、知識のための知識を積み重ねることだけで満足するようになったら、科学は片輪にされ、君たちの作る新しい機械もただ新たな苦しみを生み出すことにしかならないかもしれない」

「私は、自分の知識を権力者に引き渡して、彼らがそれを全く自分の都合で使ったり使わなかったり、悪用したりできるようにしてしまった」

「私は自分の職業を裏切ったのだ。私のしたようなことをしでかす人間は、科学者の席を汚すことはできないのだ」

さて、このガリレイの自らを断罪するセリフは、科学や科学者にのみ限ることでしょうか。宗教裁判の時代にさかのぼる過去の出来事でしょうか。いやいままさに、この日本で、あらゆる分野で、日常茶飯に進行していることではないでしょうか。かつての戦争中、ほとんどの知識人——科学者・文学者・教師・ジャーナリストたちなどの権力への屈服・転向が、敗戦という無残な結末を招いたことをまるで忘れ果てたかのように。つい五年前の福島原発の大事故が、未来にわたる「人間の生存条件」にとってどんなに危険であるかを無視したかのように。

ブレヒトから学ぶことは限りがないと、わたしは深く思っています。ブレヒト自身は、『ガリレイの生涯』の英語版の上演を見ることなく、アカ狩りのマッカーシー旋風を逃れてアメリカを去りました。また、帰国した東ドイツ（当時）で結成したベルリーナ・アンサンブルの上演もまた、稽古中の早すぎる死によって見ることはかないませんでした。

一九五六年八月一四日、ブレヒト死去。享年五八。


（2016・5・1）

凛とした人間として生きる――伊藤巴子

伊藤巴子さんは、昨(二〇一六)年一二月一七日、心不全のため自宅で急逝しました。享年八五。伊藤さんがマルシャーク『森は生きている』(湯浅芳子訳)の舞台を、主役として二千回余演じつづけたことは、広く知られています。しかし伊藤さんは、俳優として、数多くの舞台活動にのみ生涯をささげたのではありません。伊藤さんは、演劇とはなにか、特に児童・青少年演劇とはなにか、そして俳優としていかに時代とかかわり生きるかということを、ひたすら考えつづけ、実践した方なのです。

伊藤さんは、いまはありませんが、多くの有名俳優を輩出した俳優座演劇研究所附属養成所三年生の折、『森は生きている』に出演しました。目立たない役でしたが、伊藤さんと『森は生きている』との運命的な出会いです。一九五四年五月、俳優座劇場の柿落《こけら》とし公演でした(実は、わたしはこの舞台を見ているのです。いまは亡き林光さんの音楽とともに感銘を受けた覚えがありますが、むろん、その時は伊藤さんの存在など知る由もありません)。

養成所卒業とともに、伊藤さんは演出家・中村俊一さん率いる劇団仲間の創立に加わり、本格的な俳優の道に歩み出します。そのいちいちについてははぶきますが、中村さんとの出会いもまた、伊藤さんにとってかけがえのないものになります。劇団創立第一回試演会（54・7）のパンフに、中村さんは次のように書いています。「われわれの周囲にある多くの〝非人間的なるもの〟を排除し、而して真の人間解放を成就したいと希求する」と。その言葉どおりに、ワンマン演出家として名を馳せた中村さんは、すぐれた創作劇、翻訳劇、児童・青少年演劇の上演に奮闘します。その舞台を中心となって支えたのが伊藤さんでしたが、中村さんは、一九八〇年一一月、五四歳の若さで病没します。

『森は生きている』のほか、『乞食と王子』や『かぐや姫』など、いわゆる〝子どもの芝居〟で評判になってきた伊藤さんに、迷いが生じたことがあります。そしてある時、「大人の芝居だけをやりたい」と、杉村春子さんに、文学座への入座を頼んだことがあるのです。杉村さんに、「あなた傲慢ね、自分の一生で、『森は生きている』の伊藤巴子、『女の一生』の杉村春子といわれる俳優はやたらにいないのよ。観客の皆さんに、その責任をどうお取りになるの」と、批判されます。その時、伊藤さんに、はっきりとした覚悟が生まれたのです。芝居に大人も子どももない、いや、未来を担う子どもたちにこそ、人間の真にあるべき姿を伝えなければならない、と。

＊

伊藤巴子さんは、旅に生きた人でもあります。

どこかに美しい人と人との力はないか
同じ時代をともに生きる

茨木のり子（「六月」）

伊藤巴子さんは、美しい村、美しい街、美しい人、そして美しい芝居をたずねて、生涯、旅に生きました。伊藤さんは書いています。

「人、人に会える旅、いえ、旅は人です。……私の旅は、人に会えたことによって今日まで続いているのでしょう。私の生きて来た道のりを旅に重ね合せると、旅は私そのもののような気がしてきました」

伊藤さんの旅、そして芝居の原点は、遠く一九五三年、劇団仲間の創立メンバーの一人として、はじめて舞台に立った旅公演にあります。岩手県西根（当時・田頭村《でんどう》）、八幡平の山裾の小さな村。小学校の教室の間仕切りをとっぱらい、机を並べての手作りの舞台でです。伊藤さんがふと客席をのぞくと、早々と、野良着姿のおじいさんが一人ポツンと座り、カップ酒を傾け、おにぎりを食べているのです。「一幅の絵」を見るような光景。芝居を観るとはこういうことから始まるのではないか。この原点を、伊藤さんはしっかりと眼に焼きつけ、決して忘れることなく、旅をつづけたのです。

伊藤さんの〝演劇人生〟を本にまとめたいと申しこんでから、二〇年近くも経ったでしょうか。この間、出版を固辞されてきた伊藤さんをくどき落とし、ようやく昨年五月刊行されたのが『舞台歴程――凛として』（一葉社）です。そこには、晩年、伊藤さんが最も力を注いだ、かわさきおやこ劇場などでの講演二篇のほかに、日本はむろんのこと、中国・韓国、さらにロシア・北欧諸国、キューバなど、世界各国のすぐれた舞台の感動の記録が、一一六篇収められています。それらを貫くものは、美しいものを求め、平和を愛し、子どもたちに心寄せる、伊藤さんの魂の呼びかけです。

伊藤さんは、たった一冊の本を遺して静かに世を去りました。無念のほかありません。しかし、この本の最後の一行の伊藤さんの言葉が、わたしに勇気を与えてくれます。

「凜とした俳優になりたい、凜とした人間として生きていきたい」

（2017・3・20／2017・4・8「伊藤巴子さんを偲ぶ会」弔辞から一部抜粋）

『希望』――目取真俊

元米海兵隊員で軍属の男による、沖縄県うるま市の女性殺害事件に抗議する県民大会が、先月の六月一九日、那覇市奥武山《おうのやま》陸上競技場で開かれました。参加者約六万五千人。一九九五年、米兵三人による、一二歳の少女に対する強姦暴行事件に対する抗議の県民総決起大会（約八万五千人参加）以来の大規模な抗議集会です。主催は、翁長雄志知事を支持する社民・共産などの政党や企業でつくる「オール沖縄会議」。自民・公明・おおさか維新は不参加。人間の生命より政治的立場を優先する不思議な集団です。

新聞（「朝日」6・20付）によれば、一九七二年の本土復帰から昨年までに、米軍の犯罪事件は五八九六件、うち殺人・強盗・強姦などの凶悪事件は五七四件（県警調べ）に及ぶといいます。いうまでもなくこれらは表沙汰になったものだけで、ウヤムヤになったものがどれだけあるかは解りません。このように数字でしか言い現わせない一件一件が、どのような事実を背負っているか。それらは、政府・米軍一体となった「遺憾」「綱紀粛清」「再発防止」という常套句によって消去されてきたのです。と同時に、本土に住む人間たちの無関心によって。

県民大会で壇上に立ち、涙をぬぐいながら八分間のスピーチをした名護市の大学生・玉城愛さん(21)が、静まり返った会場で、ぎりぎりまで悩み、しかしどうしても伝えたかったことは何でしょうか。それは、沖縄を軽視しているように見える本土への怒りでした。彼女は訴えました。

──「安倍晋三さん、日本本土にお住まいの皆さん、今回の事件の第二の加害者は誰ですか? あなたたちです。しっかり沖縄に向き合っていただけませんか」

それでは、安倍晋三さんは別にして、日本本土に住んでいるわたしたち日本人は、「第二の加害者」として沖縄にしっかり向き合うことができるでしょうか。否です。たまたま『AERA』六月二七日号が、〔大特集〕「沖縄を他人事だと思っていませんか」を組んでおり、そのなかの目取真俊さんと高橋哲哉さんの対談を読むと、その感を深くします。高橋さんといえば、東大教授の職にありながら、最も真摯に沖縄を犠牲にしてきた日本国家の戦前・戦後の責任を告発してきた哲学者です。その高橋さんの基地「県外移設論」に対し、目取真さんは、終始、それは「ただの観念的な言葉の応酬にしか見えません」「運動につながらない『基地移設』の言論活動に何の意味があるのでしょう」「ヤマトゥンチュー(日本人)は七一年間沖縄の痛みに関心を持たなかったのに、今さら『県外移設』を訴えれば関心を持つようになるんですか」と問い、辺野古の新基地建設の工事現場でのゲート封鎖、普天間・嘉手納のゲート封鎖への五〇〇人、千人の沖縄県民の行動こそが、日米安保体制を揺るがせると語ります。高橋さんは、ただ、現場での非暴力の阻止行動には簡単には参加できないけれども、その状況はよくわかりましたと、答えるしかないのです。

いまから一七年も前の一九九九年六月一六日、「朝日」夕刊に、短篇というより掌篇といっていい四〇〇字詰原稿用紙にして五、六枚の目取真俊さんの小説が発表されました。要約の不備を恐れずに書けば、「今オキナワに必要なのは、数千人のデモでもなければ、数万人の集会でもなく、一人のアメリカ人の幼児の死なのだ」という声明文を残し、スーパーの駐車場にとまっていた白人の女の車のなかに残されていた三歳くらいの男の子の首を絞めて殺し、焼身自殺する男の物語です。題して「希望」。ヤマトゥンチューとして、この作品をどう胸に叩きこんで沖縄と向き合えるでしょうか。

（2016・7・1）

あとがきに代えて

杖をつきながらエピローグを

毎月、友人が配信してくれている『レイバーネット』に、『ほっととーく』と同じく小さな文章（雑文）を二年半、二九回にわたって書いてきたのですが、九月の30号を「ひとくぎり」にして次のステップ（杖をついてですが）に踏みだしたいと、次のように書きました。その大部分を引用させていただきます。

＊

去る八月三〇日（二〇一五年）、安全保障関連法案に反対する人びとが、国会周辺をとり囲み、一斉に抗議の声をあげた。参加者は一二万人という。そればかりではない。全国三百カ所で、同じようにデモや集会が行なわれたという。もはや、この一〇月で八八歳となり、脚も痛く杖をついて歩かねばならない身として、無念だがデモへの参加はあきらめざるを得ず、新聞やテレビでその模様を感じとるほかなかった。と同時に、いまから五五年も前、一九六〇年六月をピークとする安保条約改定反対闘争の日々に、想いをちらりと馳せた。

当時、仲間たちとわたしは、仕事の合間を縫って毎日のように国会包囲のデモに加わった。樺美智子さんが亡くなった六月一五日の夜も、現場近くにいた。新安保条約・協定が自然承認された六月一八日午前零時には、三三万人が徹夜で国会を包囲したと記録にある。安保反対とともに、それを推進した岸信介内閣打倒がスローガンだった（七月一五日総辞職）。奇しくも、その孫である安倍晋三政権の退陣に向けて、いま、たたかいがつづく。しかしその現実行動に加わる体力はわたしにない。

出版にかかわり、戦後精神を学ばせてもらった花田清輝・埴谷雄高・丸山眞男・藤田省三・井上光晴さんら著者たち、そして同時代をともに生きた知人・友人たちの多くは、すでにこの世を去った。未來社で三〇年、影書房で三二年、編集者として生きてきたが、ようやく退社することができた。おめおめと一人生き残った悲哀とともに、残余のわずかの人生をいかに生きるべきか。一介の編集者として、なおも本づくりにかかわりつつ、小さな文章を書きつづけ、小さな集会で語りあう道を歩くほかない。

（『レイバーネット』２０１５・９・１）

＊

小さな文章（雑文）は、『世界へ未来へ　９条連ニュース』という小冊子にも、「心に残る人と言葉」と題して隔月連載しています。小さな集会といえば、月に一回、二つの読書会と、一つの映画会の集まりに定期的に参加しています。読書会は、どちらともメンバーは七、八人で、前者は、もう五十年近くつづいています。もともとは戦後文学を読むことからはじまったのですが、いまはジャンルを問わず、テキストを選んで自由に感想を語りあっています。次回は、現在の乱世にあわせて、堀田善衞『方丈記私記』（一九七一年）の再読です。後者は、はじまって二年たらず、まわり持ちでテキストの報告者を決め、それをめぐって話しあいます。次々回は、わたしの順番で、亡くなった鶴見俊輔さんの追悼もこめて、『戦時期日本の精神史』（一九八二年）の再読・報告です。

ともに飲みながらの雑談会で、特に後者は、Sさん夫妻宅で開かれ、手作りの料理が振舞われます。映画会は、アンジェイ・ワイダ監督と親しいKさんが、六年ほど前から毎月十本以上の映画を、埼玉県志木市の図書館で上映（無料・カンパは自由）しつづけていて、二十人ほどの人が集まります。三年ほど前、その会にひょんなことから深入りし、これも月に一度、わたしの選んだ映画の上映と雑談に参加しています。先日は、黒澤明監督の『生きる』（一九五二年）とのひさびさの対面でした。二次会はいうまでもありません。

考えてみますと、わたしのこれまでの出版の仕事は、人と人との出会いだったと思います。いまや人生のエピローグですが、それらの延長線上にある小さな雑文・雑談を杖をつきながら続けたいと願っています。

（『ほっととーく』2015・9・13）

松本さんの「最後の本」について

二〇一九年一月十五日昼前、松本昌次さんは息を引き取った。

松本さんが最後の入院をしたのは、その三日前の十二日の夜。「これから入院する」と本人から直接電話があり、救急車で運ばれた。

翌十三日、病院に行き、本書の表紙見本をお見せした。すでに言葉は聞き取りにくかったが、喜んでいるのだけはわかった。とにかく、この本のことが気がかりらしく、しきりに本書のあれこれについて、細かいことまで思いつくまま、断片的にだが話そうとする。なかでも、「まえがき」「あとがき」はもう口述でも無理なこと、そのときのためにあらかじめ決めておいたようにしてほしい旨、後はすべて任せるとじれったそうにくり返した。

次の日の十四日、亡くなる前日も病室を訪ねた。生体情報モニタが設置されたナースステーションに近い部屋に移されていたが、前日よりは落ち着いているように見受けられた。念のために録音テープとメモを持参したが、やはり少し話すとすぐに疲れて、まとまった話は無理だった。その状態でもはっきりと口にしたのは、「この本を頼む」ということと、「友人たちに心からお礼を申しあげたい」ということだった。帰りぎわの「また伺います」に、「ぼくに〝また〟はないよ。ありがとう」――これがわたしたちが耳にした松本さんの最後の言葉になった。

＊

本書刊行の経緯は次のとおりである。

松本さんが亡くなるちょうど一カ月前の二〇一八年十二月十五日、「最後の本」をつくりたいとの連絡があり、ご自宅に伺った。そこで、収録予定のほとんどの原稿とともに、本書の構成・目次立てや書名から体裁・仕様、発行部数、定価、販売方法に至るまで、こと細かい指示が書かれたメモを渡された。

収録原稿は、基本的には二〇一三年から二〇一七年までに『レイバーネット』『ほっととーく』『9条連ニュース』に書かれたものの中から選んでほしいこと、体裁はとにかく簡素に、並製でカバーもオビもつけずに表紙のみにすること、ただし表紙にはルソーの『カーニヴァルの夕べ』を入れたい、ページ数は二百ページ以内におさめること、などなど、あの独特の丁寧なやさしい文字でびっしりと書き込まれていた。

このメモをいただいて、ほとんどはその指示のままに進めようと思ったが、一つだけどうしても引っかかった。書名である。松本さんならではの「戦後」も「編集者」も入っていなかったのである。

特に「戦後」は、松本さんと切り離すことはできない。松本さんのこだわる「戦後」には三つの意味がある。一つは、「戦後の継続」。つまりは二度と戦争をしない（「起こさない」はもちろん）ということ。いかなる理由や状況下であろうとも、いったん戦争をすれば、そのときから「戦後」は終わってしまう。戦争は絶対悪である。二つ目は、「戦後精神」。天皇（制）の呪縛と国家の抑圧からの解放による、個の確立をはじめとした、人権、平等、自由、民主主義などを優先し尊重する精神のあり方である。松本さんは、編集者として戦後文学者や戦後思想家と伴走しながら、その精神をまるごと体現化したと言ってもいい。そして三つ目が「戦後責任」。この国に属する限り決して免れない、誰もが対峙し続けなければならない基本的な責務。にもかかわらず、マスメディアをはじめとした大勢はこの責務に鈍感で、いまだに直視しようとしない。それどころか、昨今は「取り返しのつかないことを」一切なかったことにしてしまおうという人でなし状態《モラルハザード》である。松本さんは、この破廉恥さ加減には、心底怒っていた。本書のどの文章も、すべてこの「戦後」から生まれたものと思っている。

そこで、二日後の十七日、以下のような手紙をお送りした。

今度の本については、構成立てから仕様まで、松本さんの基本案に異存はありません。ただ、一つだけ、書名については、どうしても気になっております。（略）

わたしにとって松本さんは、やはり徹頭徹尾「戦後編集者」です。その「戦後編集者」を、今度のような「時事」に目をやった本だからこそ意識的に、今のこの国の危機的な惨状、負うべき歴史を彼方に追いやって恥じない社会状況下では、あえて入れていただきたいと強く思ってしまいます。個人的なことですが、わたしは松本さんによって「戦後」という言葉の大事さ、不可欠さ、意義を心の底から実感させられた者です。松本さんから「戦後」を切り離すことは、考えられません。

今度の内容を一通り再読させていただき、さらにこの思いを強くいたしました。松本さんの「簡素に、あっさりと、くどくどしくなく」というお気持ちは多少ともわかるつもりです。そのことも勘案しながら、いくつかの案を考えてみました。同封しますので、ご検討いただけますでしょうか。（以下略）

松本さんは、あっさりと聞き入れてくれた。その結果、新たに提案された書名が『いま、言わねば——戦後を生きて』だった。「戦後」が入っていたこともあり一度は了解したのだが、亡くなった今、最後までとことん「編集者」だった姿を間近で見続けた者としては、やはり「編集者」の語句は捨てがたく、無断で副題を「戦後編集者として」に改めさせていただくことにした。

前記の手紙を出した十日後の十二月二十七日、再びお会いし、追加の原稿とエピグラフの原稿に加えて、見返しの色に至るまでのさらなる詳細な指示書を手渡された。「まえがき」と「あとがき」は、最後に口述筆記でまとめるということになった。

年が明け、一月六日に本文のすべての組版を作り上げて初校ゲラを出し、翌日に電話を入れた。体調がかなり悪そうで、苦しそうにお話しになり、ついに酸素吸入をすることになったとのこと。

翌八日、昼前にお訪ねしたところ、かなり大きな酸素の機械を部屋に入れており、「まえがき」と「あとがき」は口述も難しいかもしれないので、万一のときはこれとこれにしてほしい（本書に掲載のもの）との指示を受けた。ただし、ゲラは最後まで目を通したいので、置いていってほしいという。迷ったが、「これだけが楽しみ」との一言に、ゲラをお渡しして手元に置いてもらうことにした。

その後、松本さんはできる限りそのゲラに目を通し続け、十二日の入院時も持って行ったとのこと。実際、最後の最後まで推敲し、鉛筆で書き込みを入れ続けた。その文字は、これまでの松本さんの字からは見たことのない、やっと判読できるような力のない筆跡であった。

＊

本書は、文字どおり松本さんの「遺言」である。松本さんから「戦後」を託された書である。

実は、本書で松本さんの指示に従わなかったところが、もう一つある。本扉である。生前の松本さんなら決して許可しなかったであろうご自身の写真を、全面に入れさせていただいた。いなくなった今となっては、松本さんの「戦後」と常に向き合い続けるためのたが
がほしくなり、それをこの写真に担ってもらおうと思ったのである。

この写真をことあるごとに眺めながら、決してくじけず、簡単にあきらめず、自分たちにできるやり方で松本さんからの「戦後」を継承し、直視し、考え続けて、体現化できるよう努めていくつもりである。

（２０１９・１・31／和田悌二、大道万里子）

松本昌次（まつもと・まさつぐ）
1927年10月、東京生まれ。高校教師等を経て、53年4月から83年5月まで未來社勤務。同年6月、影書房創業。2015年7月、同社を退く。その後も編集者として最後まであり続け、19年1月15日死去。享年91。
著書：『戦後編集者雑文抄――追憶の影』（一葉社・2016年）、『わたしの戦後出版史』（トランスビュー・2008年）、『戦後出版と編集者』（一葉社・2001年）、『戦後文学と編集者』（一葉社・1994年）、『ある編集者の作業日誌』（日本エディタースクール出版部・1979年）、『朝鮮の旅』（すずさわ書店・1975年）。
編書：『西谷能雄 本は志にあり』『庄幸司郎 たたかう戦後精神』（ともに日本経済評論社・2009年）、『戦後文学エッセイ選』全13巻（影書房・2005～2008年）など。

いま、言《い》わねば――戦後編集者《せんごへんしゅうしゃ》として

2019年3月15日 初版第1刷発行
定価 1800円＋税

著　　者 松本昌次
発 行 者 和田悌二
発 行 所 株式会社 一葉社
〒114-0024 東京都北区西ケ原 1-46-19-101
電話 03-3949-3492／FAX 03-3949-3497
E-mail : ichiyosha@ybb.ne.jp
URL : https://ichiyosha.jimdo.com
振替 00140-4-81176
装 丁 者 松谷 剛
印刷・製本所 モリモト印刷株式会社

落丁・乱丁本はお取り替えいたします。
ISBN978-4-87196-076-2

松本昌次の著・編書

わたしの戦後出版史

聞き手　上野明雄・鷲尾賢也

トランスビュー　2008年

戦後文学と編集者

一葉社　1994年

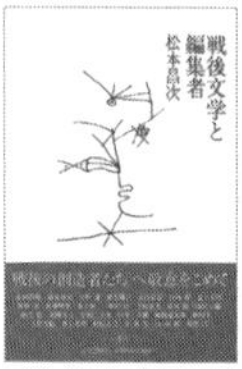

戦後出版と編集者

一葉社　2001年

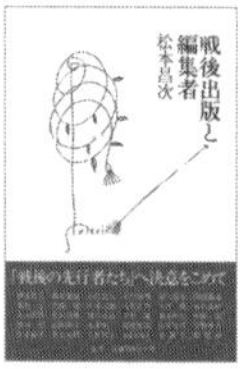

戦後編集者雑文抄 ——追憶の影

一葉社　2016年

朝鮮の旅

すずさわ書店　1975年

ある編集者の作業日誌

日本エディタースクール出版部　1979年

［編］

戦後文学エッセイ選　全13巻

①花田清輝集　②長谷川四郎集　③埴谷雄高集　④竹内好集　⑤武田泰淳集　⑥杉浦明平集　⑦富士正晴集　⑧木下順二集　⑨野間宏集　⑩島尾敏雄集　⑪堀田善衞集　⑫上野英信集　⑬井上光晴集

影書房　2005〜2008年

西谷能雄　本は志にあり

庄幸司郎　たたかう戦後精神

日本経済評論社　2009年